L'ultimo Pinguino delle Langhe

"In ogni ferita c'è una lingua insanguinata."
A warning for fair women, anonimo inglese

I

Cigliè, Piemonte

Anche i lunedì speciali, quelli capaci di cambiare il corso di un'intera esistenza, iniziano come un giorno qualsiasi. Questo è ciò che rende la vita meravigliosa e al contempo terrificante. Si può soltanto procedere con la navigazione sperando che i venti e le correnti siano benevoli, e che le tempeste ci piombino sulla testa quando siamo al sicuro, o almeno pronti a dar battaglia.

Rufus Blom si considera un navigatore esperto e abile. E ha tutte le ragioni per farlo. La sua carriera incredibile gli ha conferito un patrimonio personale impressionante e un potere se possibile ancora maggiore. Il broker svizzero appartiene al ristrettissimo club di persone in grado di muovere flussi economici di tale portata da riuscire a influenzare l'elezione o la caduta di governi e consigli d'amministrazione, è a lui, a quelli come lui, che ci si rivolge per finanziare una guerra, o dei giochi olimpici o un colpo di Stato.

Ma adesso il grande palcoscenico della finanza mondiale deve aspettare, adesso sono le sette del mattino e

Rufus Blom è pronto per andare a correre. Inguainato dentro un tutino viola e nero che su qualsiasi altra persona risulterebbe ridicolo, ma che nel suo caso finisce per mettere in mostra una forma fisica invidiabile per un uomo di cinquantasei anni, Rufus ha appena salutato Rose Bellamy, la sua radiosa, bellissima fidanzata, e si appresta a uscire di casa. Anche se "casa" è un termine francamente riduttivo, trattandosi di un antico castello completamente ristrutturato.

Blom possiede moltissime proprietà in giro per il mondo, ma a questa è particolarmente legato per ragioni familiari. E infatti è proprio qui che ha deciso di portare Rose all'altare, tra due settimane esatte.

Ha lasciato la sua futura moglie intenta a bere un amarissimo frullato di erbe che dovrebbero aiutarla a smaltire il vino e i cocktail della sera precedente. In quanto influencer nel settore dello yoga e del benessere fisico, Rose non può certo permettersi di apparire vittima dei postumi di una sbronza.

Anche Rufus la sera prima ha mangiato e bevuto troppo, e proprio per questo decide di imporsi un percorso più lungo del solito. Visto che da mesi Rose lo assilla con questa storia delle panchine giganti, panchine fuori scala realizzate da un famoso designer nordamericano e che ormai costellano il territorio delle Langhe, Rufus decide di sorprenderla andando a farsi un selfie davanti alla più vicina di queste installazioni. A lui le panchine, grandi o piccole, in verità mettono tristezza. Le collega ai barboni, agli ubriachi malinconici e soli, e a certi pomeriggi disperati della sua adolescenza, ma preferisce pensare al sorriso di Rose quando riceverà le sue foto. L'unico modo per liberarsi del passato, riflette Rufus iniziando a correre, è accecarlo con il più luminoso dei presenti.

Rufus corre con l'andatura tipica di chi è abituato a macinare chilometri: un passo sostenuto, incurante dei saliscendi, costante. Un'andatura che non varia nemmeno quando si trova costretto a controllare il percorso sullo schermo del suo orologio da polso, in modo da non sbagliare le deviazioni che dovrebbero condurlo a destinazione. Lo Sbaranzo, questo il nome della frazione verso cui è diretto. Un nome capace di risultare buffo persino per uno come lui, uno che l'italiano lo intuisce appena.

Il paesaggio delle Langhe non smette mai di affascinarlo. La morbidezza delle valli e il modo sinuoso con cui le vigne e i noccioleti si intersecano tra loro, separati di tanto in tanto da porzioni di bosco, ai suoi occhi risultano ancora più meravigliosi grazie al profilo aguzzo dei monti che disegnano l'orizzonte. Con il Monviso che spicca imperioso, e che somiglia alla punta scheggiata di un pugnale primitivo. Ma non è l'altezza specifica di una certa montagna a interessare Rufus Blom, quanto la successione di vette, legate tra loro come a formare una barriera: oltre le vette, a sud, si estende il mare, e Rufus inspirando dal naso si illude di poterne avvertire il sapore, come una nota salata.

Purtroppo Rufus si sbaglia. Non è il mare a lanciargli un segnale, e non è una nota salata quella che il suo naso ha percepito, bensì una nota ferrosa. Un odore inaspettato e sgradevole che ben presto Rufus è costretto a collegare a una immagine, al segno rosso che scorge sull'asfalto. Una macchia rossa, netta e squillante, che subito lo fa pensare al sangue. Rufus allora interrompe la corsa. Si ferma e nota come dalla macchia si sviluppi una striscia, una traccia che supera la strada sterrata e prosegue nell'erba incolta e poi più in basso, verso una zona boschiva. Rufus segue questa traccia convinto che si tratti di una bestia ferita, da queste parti i cacciatori non mancano e il bosco è il miglior rifugio per un animale ferito. Pochi metri più in basso tuttavia non è il manto ruvido di un cinghiale quello che si trova davanti, e nemmeno il piumaggio di un germano reale, ma la schiena nuda di una donna. Distesa a faccia in giù, circondata dai fusti di solidago, o verga d'oro, i cui fiori raggrumati somigliano più a strane forme minerali che a infiorescenze, la donna risulta immobile: la sua pelle, molto chiara, accentua la tonalità squillante del sangue. E l'alba, crudele o incurante, imita quel rosso intenso tingendosi di vermiglio.

Rufus Blom resta immobile, come paralizzato. La cassa toracica della donna è immobile, ma non è soltanto il ritrovamento di un cadavere ad atterrire il potente broker, non è soltanto la crudezza con cui questo corpo è stato violato, c'è un dettaglio che se possibile lo terrorizza ancora di più: sopra le natiche della donna è stata tracciata una scritta, probabilmente utilizzando il sangue stesso della vittima, e questa scritta è in realtà un nome. Anzi, un cognome. Il suo: Blom. E subito accanto, una svastica.

Come se questa ragazza non fosse stata una persona ma un pacco di poco valore, uno di quelli che i corrieri non si fanno scrupoli a lasciare appoggiati fuori dalla porta di casa, perché tanto a nessuno verrà in mente di rubarli.

Appena Rufus Blom riesce a riprendere il controllo del proprio corpo, chiama subito la polizia. E non appena ha finito di parlare con la polizia, Rufus piange. Non gli capitava da anni.

2

Località San Rocco, Marsaglia, Piemonte

laguna
piumaggio
galoche
manovra di salvataggio

Ogni inizio di settimana, poco prima dell'alba, il commissario Gualtiero Bova, che tutti conoscono come il Pinguino, dopo aver assunto una microdose di dietilammide-25, volgarmente chiamato acido, o acido lisergico, si incammina verso il borgo di Clavesana in compagnia della sua bassotta bionda, Gilda, a cui lui, per via del troppo amore, raddoppia sempre il nome, chiamandola di volta in volta Gilda gildina, Bimba bella o Gnometto biondo.

Un inizio di settimana decisamente inusuale, quello sancito dall'assunzione di acido lisergico, ancora di più per un membro delle forze dell'ordine, notoriamente in lotta contro la droga. Ma il Pinguino non dà troppo peso a queste faccende. Primo perché la dose che lui assume quattro volte al mese è bassa, bassissima, la stessa quantità assunta dai programmatori della Silicon Valley per incrementare la loro creatività e i loro profitti. Secondo, perché è il miglior modo che lui abbia trovato per tenere a bada la depressione di cui soffre. Terzo motivo, perché proprio grazie all'effetto provocato dalle sue gocce illegali è spesso riuscito a risolvere spinosi problemi lavorativi. Problemi personali mai, purtroppo. Per quelli, il Pinguino ne è certo, non esiste rimedio.

E dunque eccolo, il Pinguino, in cammino verso Clavesana, racchiuso nel buio quasi dolce della campagna, con la testa coperta dall'inseparabile coppola con paraorecchie in tweed, e il solito completo in velluto a coste utilizzato in qualsiasi stagione, aggiungendo o togliendo un cappotto di feltro pesante per i mesi freddi e le bretelle per i mesi caldi.

A oggi le bretelle ci sono ancora, tese sopra il profilo imponente del corpo, ma potrebbero scomparire tra non molto, l'autunno quest'anno sembra essere particolarmente imprevedibile, alterna temperature più miti del normale a escursioni termiche degne di un deserto freddo.

rigore
aspirina
lupo mannaro
lana caprina

Alto, corpulento, baffuto, con le spalle leggermente curve, il Pinguino potrebbe avere cinquant'anni come sessanta. Il volto infatti dà tanto l'impressione di aver preservato i tratti dell'infanzia quanto di essere invecchiato precocemente. E quest'ultimo presentimento, che quasi tutti hanno, è confermato dalla sua vera età, quarantacinque anni. Quarantacinque anni portati piuttosto male. Non lo aiutano di certo il fisico a forma di pera, e nemmeno la pancia da bevitore e mangiatore insaziabile, e tanto meno le braccia, visibilmente troppo corte, sproporzionate tanto quanto gli occhi, minuscoli rispetto al resto del volto. "Occhi da orologiaio cinese conficcati in una faccia da cacciatore di balene" a detta del loro stesso proprietario, e che adesso, coperti dal fumo prodotto dalla pipa di ulivo che gli penzola all'angolo della bocca, sembrano praticamente invisibili. Gilda gildina, nonostante le zampe corte e il pelo anarchico che si impiglia nei cespugli nati a bordo strada, procede più spedita di lui sia in salita che in discesa. Di tanto in tanto si ferma, e si volta, come per controllare che il Pinguino non si perda. Ma lui non potrebbe perdersi nemmeno se lo volesse. Come tutti gli abitudinari possiede la stessa sicurezza sbilenca e infallibile dei sonnambuli, quel passo apparentemente casuale ma in verità infallibile che gli permette di procedere a occhi chiusi, con la sua andatura lenta e regolare, sottolineata dal rumore prodotto dai due sgabelli da campeggio che porta sotto braccio quando cozzano tra di loro.

cocorita
ghigliottina
miele
acquamarina

Per raggiungere la sua meta il Pinguino deve camminare mezz'ora. Il tempo ideale affinché le sue gocce facciano pienamente effetto. Clavesana è un piccolo paese conosciuto soprattutto per via della sua cantina, il maggiore produttore di Dolcetto, un vitigno i cui grappoli lunghi, a forma d'ala, modellano le colline di questo angolo di langa. Di tutte le ragioni per cui quest'uva abbia preso il nome di Dolcetto, più che per quelle legate al gusto, al Pinguino piace credere che il nome derivi dalla parola "dosset", che in piemontese indica un dosso o una collina. Il commissario preferisce questa ipotesi poiché ama queste colline, il modo in cui offrono un orizzonte sempre diverso e sempre ipnotico, e ama la loro morbidezza, una qualità sconosciuta nei luoghi da cui lui proviene, quel ponente ligure aspro e ripido, in cui è nato e cresciuto e che nonostante le molte memorie spiacevoli gli manca terribilmente. Se solo fosse stato più astuto, forse non lo avrebbero mai trasferito quassù, non lo avrebbero cacciato fingendo di offrirgli una promozione che in verità è un castigo. Spesso, nella sua vita, gli sono capitate delle fortune strane, delle fortune amare. Come con Ava, la donna di cui è sempre stato innamorato, che andava con tutti tranne che con lui, ma che quando lui se ne lamentava, gli faceva notare che l'amore, il vero amore, deve essere esclusivo, e che se lei l'avesse trattato come uno dei suoi tanti, troppi amanti, lui avrebbe smesso di essere quello che era, unico, speciale. Molte volte il Pinguino sognò di essere come tutti gli altri, un po' meno speciale. Ma non lo disse mai. Peggio, lo disse tardi, troppo tardi, poco prima che lei…

Ma queste sono faccende a cui è meglio non pensare mentre si è sotto l'effetto delle gocce. Rischiano soltanto di fargli ingarbugliare i pensieri. Meglio, molto meglio godersi le linee del paesaggio, quelle tracciate dai filari che si alternano alle chiome dei noccioli, e le strade, che appaiono e scompaiono dietro curve ampie, e poi le chiese, spesso isolate, come la chiesetta di San Rocco, con i muri sbiaditi che il passare del tempo e delle stagioni hanno ricoperto di una tonalità che ricorda la cipria.

Meglio seguire con lo sguardo i sentieri, che sfuggono dalla strada asfaltata e si tuffano nei boschi esattamente come fanno le lepri e i cinghiali, e anche i lupi e i tassi, immergendosi nel groviglio di rami e chiome chiamato a interrompere la volontà dell'uomo di sfruttare tutto il paesaggio a disposizione, alla pari di una mucca da mungere sempre e comunque.

Però le interruzioni più splendide e drammatiche sono quelle imposte dai calanchi. Pareti maestose, bianchissime e sabbiose che sovrastano il fiume Tanaro, simili a dune desertiche se non fosse per la vegetazione che si fa strada qua e là verdastra e cocciuta. Sembrano sempre sul punto di disfarsi, i calanchi, di scomparire, e invece restano. Come le nuvole nelle giornate senza vento.

sorgente
stella cadente
fontana
vecchia sovrana

La bassotta è già in posizione. Sa che il Pinguino metterà i due sgabelli da campeggio davanti alla facciata di un'antica osteria dei cacciatori ormai in disuso, la cui insegna, una scritta dipinta sul muro, nonostante appaia sbiadita, conserva una traccia del rosso acceso con cui venne originariamente vergata. Il Pinguino non delude la sua cagnetta e si siede nel solito posto. Più che una vera e propria piazza, questa è una specie di tornante largo, circondato da vecchie case e da una chiesa. Poco oltre, ma invisibile dalla strada, si trova un grande palazzo che ospita il municipio e un museo etnografico. La parte del paese dove si trovano è arroccata sui bianchi calanchi ed è meno abitata della porzione che sorge più in basso. Ciononostante il Pinguino non è mai solo in questa sosta del lunedì mattina. Immancabilmente, poco dopo il suo arrivo, ecco unirsi a lui Giobatta. Un vecchio magrissimo e piccolo di statura, il cui volto ricorda un po' quello di Giuseppe Mazzini, la stessa barba bianca, gli stessi occhi gentili e un poco tristi che sembrano nascondere una febbre sempre sul punto di riaccendersi. Giobatta è solito parlare in dialetto, l'italiano è la lingua delle tasse, degli ospedali e della televisione e lui, giustamente, la collega alle scocciature. Però sa che il Pinguino non parla il piemontese delle Langhe, e allora si adegua.

«Oggi mi sa che arriva il levante» dice Giobatta sedendosi sull'altro sgabello.

«A me non sembra» risponde il Pinguino mentre fissa le chiome immobili degli alberi.

«E invece eccole» dice Giobatta indicando il cielo, «quelle là sono nuvole da vento. Loro lo chiamano, e lui arriva.»

Si tratta di nuvole leggere, più simili a velature che a nuvole, e molto frastagliate, come gli orli di certe gonne lunghe utilizzate per tanti anni.

Detto ciò, i due uomini sanno di aver terminato con i convenevoli e si mettono comodamente a fumare. Giobatta un toscano, e il Pinguino la pipa. Anche Gilda gildina sembra felice di restare così, in attesa di niente, sotto il cielo che inizia a colmarsi di luce e somiglia alle piscine il giorno in cui vengono riempite d'acqua dopo la stagione invernale, con l'azzurro che si fa sempre più intenso a mano a mano che l'acqua ricopre le piastrelle. L'amicizia tra il Pinguino e Giobatta si svolge così: due uomini voltati verso la stessa porzione di cielo, in silenzio, con le bocche piene di fumo e Gilda gildina nel mezzo. Però a un tratto il Pinguino tira fuori un foglio dalla tasca interna della giacca, e una penna. Le gocce, più che per le leggere distorsioni visive, gli interessano proprio per il modo in cui lavorano sulle parole, dentro la sua testa, raggruppandole di quattro in quattro senza un apparente legame logico tra loro, giusto un po' di rima. Lui non lo ammetterebbe mai a nessuno, ma se è quasi sempre riuscito a risolvere i casi che gli sono toccati in sorte, spesso è stato grazie a questi quartetti. Un po' come se le soluzioni fossero nascoste tra di loro, nel mezzo del suono delle parole che le gocce gli fanno rimbombare nella testa. Le parole che rimbombano anche adesso.

fiaba
ghiaia
fortunale
gardenale

La parola che lo preoccupa è l'ultima, perché l'ultima parola in questi quartetti è un po' come il numero della roulette su cui decide di fermarsi la pallina, è quella decisiva. Gardenale, in questo caso. Una medicina, un barbiturico, un sedativo. Il Pinguino sa che si tratta di un cattivo presagio e sa anche che non può farci nulla. Fuma e cerca di pensare ad altro. Alla fame, per esempio, alla sua fame eterna e incessante, che come al solito non rispetta gli orari e si affaccia quando vuole. Ma il suo cervello ritorna sulle ultime quattro parole, su una in particolare, quella che offre la rima a gardenale: fortunale.

Lui, il Pinguino, non è un uomo di mare. Sul mare ci è nato e vissuto, questo sì, ma il suo legame è più simile a quello dei pesci che a quello dei pescatori. A lui infatti piace nuotare, e nonostante la stazza è anche un eccellente nuotatore. Però non c'è bisogno di essere dei marinai per sapere che i fortunali sono delle tempeste marine che si scatenano senza preavviso, pericolosissime proprio perché impossibili da prevedere.

Altrettanto impossibile da prevedere è la durata del tempo percepita dal Pinguino quando fuma in silenzio assieme a Giobatta. A voler dare ragione a quello che lui chiama "la dittatura degli orologi", si tratterebbe di poco meno di un'ora, ma oggi questi sessanta minuti per il Pinguino durano un niente. Giusto il tempo di osservare il fumo della pipa correre verso l'alto per unirsi alle nuvole da vento. Giusto il tempo di provare, senza riuscirci, a scrollarsi di dosso i cattivi pensieri, ed ecco che la macchina del suo vice appare da oltre il tornante. Cristiano Raviola: già soltanto dal modo in cui scala le marce si capisce qualcosa di lui e del suo carattere. Cristiano è tutto racchiuso in quel modo deciso di passare dalla terza alla prima. Il rumore orribile e improvviso prodotto dalla frizione racconta le sue caratteristiche principali: la forza, la passionalità e la poca inclinazione al ragionamento. Ma la scalata poco ortodossa ha almeno il vantaggio di risvegliare Gilda gildina, che con l'età ha preso l'abitudine di appisolarsi spesso e ovunque. Ogni risveglio per la bassotta rappresenta un nuovo inizio di giornata, e infatti eccola salutare il Pinguino e Giobatta, come se li avesse appena incontrati dopo una notte di sonno. Come se quello fosse il vero inizio della giornata. E c'è da dire che, dopo aver sentito ciò che Raviola ha da dirgli, Gilda gildina potrebbe anche avere ragione.

«Buongiorno capo, lo so che il lunedì mattina valgono solo le buone notizie, me l'ha spiegato più volte, però insomma, poco da girarci attorno, abbiamo un omicidio. Hanno ucciso una donna.»

Ecco il vero inizio del giorno. Più buio della notte.

«Abbiamo anche un assassino?» domanda il Pinguino.

«No.»

«Allora è anche peggio, Raviola, perché, vede, io e lei non abbiamo un omicidio.»

Raviola lo fissa confuso.

«E no, io e lei abbiamo soltanto un cadavere. E il resto, capisce, il resto è tutto un ammanco, tutto lavoro che tocca a noi.»

Giobatta si alza dallo sgabello piegandolo e porgendolo al Pinguino: «Avrei preferito augurarle un vento migliore, commissario».

«Dalle mie parti si dice: vento di levante se non porta l'acqua è un gran brigante.»

«E oggi non piove mica» dice Giobatta.

Gran brigante, quindi. Gran brigante in un mattino più buio della notte.

3

Piccola città antica, Piemonte

Non c'è miglior posto per nascondere una foglia di un prato autunnale.

Il Notaio sorseggia la sua tisana di cardo mariano, liquirizia e cardamomo guardando fuori dalla finestra del proprio studio. I portici proteggono entrambi i lati della strada principale della sua piccola città antica. Il traffico procede lento e sporadico. Molti negozi stanno aprendo in questi minuti, e le loro serrande spalancandosi sembrano sbadigliare o lamentarsi, ma in realtà si tratta di un ringraziamento, un tributo offerto ai portici che, oltre a proteggere, nascondono.

Proteggere e nascondere. Questo, secondo il Notaio, è il compito delle buone famiglie. La sua è una delle più importanti della zona. Notaio il bisnonno, notaio il nonno e naturalmente il padre. Notai fin dall'alba dei tempi. E prima ancora banchieri, usurai.

Da ragazzo il Notaio odiava questo posto, odiava la sua compiaciuta tranquillità e il suo perbenismo piccolo borghese. Per questo sfrecciava in centro con macchine da corsa, spaventava i passanti e si nutriva del loro biasimo, convinto che la vita vera si svolgesse altrove, nelle metropoli, e che la provincia non fosse nient'altro che una successione di sabbie mobili grigiastre e smorte da cui bisognava fuggire il prima possibile. Adesso ripensa a se stesso e alla propria gioventù con un miscuglio di vergogna e pena. Ne sapeva così poco del mondo, e della vita. Sfiorandosi la cicatrice sul polso sente di aver imparato. Imparato e pagato. Adesso è pienamente convinto che le città siano sciocchezze inutili, giganteschi diversivi buoni tutt'al più per smarrirsi e perdere energie preziose. La provincia invece, con la sua apparente immobilità e i suoi rituali desueti, la provincia offre il nutrimento necessario per compiere grandi opere. Ogni piccola città antica come quella in cui lui vive e in cui morirà è legata ad altre piccole città antiche sparpagliate per il Paese. Sono loro a contare per davvero. Come mitocondri di un'unica cellula, come cellule di uno stesso cuore, come neuroni di uno stesso cervello. Un cervello nascosto tra le ombre di un grande cuore nero.

Il telefono squilla al centro della scrivania coperta da un morbido panno verde, simile a quello dei tavoli da gioco di un casinò. Il Notaio risponde sempre e soltanto al quarto squillo. Chi lo fa entro i primi tre squilli svela impazienza e bisogno. Dal quinto in poi ci si dimostra inattendibili, troppo indaffarati. Dei miserabili. Il quarto squillo è l'unico accettabile.

«Dottore, ha una chiamata dal Circolo» la voce della sua segretaria, leggermente sgraziata come tutte le cose inventate per non dare troppo nell'occhio.

«Me la passi pure» dice il Notaio accendendosi una sigaretta per poi restare in ascolto, con gli occhi chiusi e la fronte che a un tratto si increspa leggermente, mostrando piccole rughe simili a quelle di un vetro sottoposto a un calore eccessivo.

«Ho capito» dice il Notaio. «Sappiamo già chi se ne occuperà?»

Il Notaio avrebbe la tentazione di pronunciare, con una certa forza e con malcelato fastidio, la frase che tutti prima o poi pronunciano. "Ve l'avevo detto." Ma i luoghi comuni sono vizi mediocri proprio perché alla portata di tutti. E il Notaio non se li concede di proposito. Per lo stesso motivo riattacca senza salutare, esattamente come aveva iniziato la conversazione.

Le scocciature sono inevitabili, purtroppo, perché non tutti hanno imparato a vivere. Anche nell'ambiente frequentato dal Notaio c'è ancora chi si ostina a commettere errori grossolani, da ragazzini golosi. Poco male però, gli errori si possono correggere. E quando non si possono correggere si possono nascondere. Nascondere e proteggere.

«Signorina?» Il Notaio si è affacciato nell'anticamera del suo ufficio e si rivolge alla segretaria fasciata in un tailleur impeccabile, proprio per questo trascurabile. «Avrei bisogno di informazioni riguardanti un commissario della polizia. Un certo commissario Bova.»

Gli occhi del Notaio illuminati dalla prima luce del sole assumono lo stesso colore dei soffitti affrescati, un azzurro freddo che tende al grigio. Lo stesso grigio delle sabbie mobili da cui lui pensava di dover sfuggire in gioventù, e che invece ha imparato a conoscere e amare. Quelle stesse paludi che sono diventate la sua casa, il suo regno.

Non c'è miglior posto per nascondere una foglia di un prato autunnale. E questo vale anche quando la foglia è insanguinata.

4

Lo Sbaranzo, Piemonte

Adesso che il vento inizia a farsi sentire e le scompiglia i capelli, più lucenti e chiari di qualsiasi campo di grano, il corpo della povera ragazza rinvenuta senza vita a bordo strada fa venir voglia di maledire il mondo. Questo mondo che permette simili sprechi senza scomporsi. Infinite possibilità gettate alle ortiche e parole che non verranno pronunciate, baci, camminate, lavori cancellati per sempre, e ciononostante i corvi volteggiano sopra i tralicci dell'alta tensione, i cartelli segnaletici arrugginiscono piano, e i roveti nascondono le cucciolate dei topi, come se nulla fosse accaduto. Come il silenzio di Ava. Come il silenzio ostinato, invincibile di Ava, pensa il Pinguino, che mi avvelena i giorni e le notti, il mio chiodo fisso di cui nessuno si accorge, perché le cose, persino le cose più importanti, se ricoperte dal silenzio diventano invisibili. La vita è un gran chiacchiericcio vuoto, come se il vuoto lo si potesse riempire di cipria o smalti colorati, conclude il Pinguino, e forse, forse è per questo che la gente si incattivisce e arriva a uccidere, per far notare lo spreco di cui siamo tutti più o meno complici.

I pochi che vivono e lavorano nelle vicinanze sono stati mandati via dai poliziotti, e senza nemmeno dover troppo insistere. Perché la curiosità è irresistibile, ma l'orrore, quando appare inaspettato e non ti riguarda da vicino, è utilissimo a farti tornare ai tuoi piccoli dolori quotidiani con uno strano senso di gratitudine.

Il Pinguino osserva i tratti delicati e belli del volto della vittima e soffre, soffre per il modo orribile con cui la lingua, gonfia, sbucando dalle labbra si impegna a mortificarli, a renderli ridicoli, sbagliati. Anche il candore della pelle è rovinato da tagli sulle gambe e sulle spalle, e da quello molto più profondo nello stomaco, che somiglia alla tana di una bestia grande come un criceto.

«Insomma» dice il Pinguino. «Siamo nel pieno del dramma, e proprio adesso, ora che avremmo bisogno di rassicurazioni, invece ci tocca in sorte l'eccezione.»

Il commissario cammina avanti e indietro nervosamente, seguito dalla bassotta che pensa si tratti di una specie di gioco e infatti scodinzola.

«Che eccezione, commissario?» domanda Raviola, il suo vice.

«Ma come che eccezione?!» sbraita il Pinguino agitando la pipa verso il corpo nudo della ragazza. «La vittima! Voglio dire, in questo posto tutti non soltanto si conoscono, ma saprebbero affermare con certezza chi sia passato in un certo angolo di campagna anche soltanto grazie all'eco di un trattore. Invece questa poveraccia, no! Lei non la conosce nessuno. Un'aliena. Sbucata fuori dal nulla, nella notte, come un porcino.»

Il Pinguino smette di guardare con odio il cielo e si volta a studiare i suoi "strumenti umani", la sua squadra. Cominciando dalla dottoressa Lubatti della Scientifica. Piccola e minuta, con i capelli così bianchi da sembrare quasi azzurri, come certe carte veline con cui una volta impacchettavano le caramelle. Per non rischiare di compromettere la scena del crimine, la dottoressa è imbacuccata dentro una tuta bianca visibilmente troppo grande per lei. Come esagerati sono i guanti di plastica e la maschera che le cela il volto. Sembra una bambina con una parrucca da donna anziana. La Lubatti è lenta, meticolosa e molto professionale. Uno dei rari casi di pedanteria a cui il Pinguino pensa con un qualche affetto. Per il resto, in un mondo governato in parti uguali dal caos e da leggi misteriose e spesso incomprensibili, i pedanti a suo avviso andrebbero utilizzati per svuotare gli oceani muniti di cucchiai fatti di zucchero.

Non lontano dalla dottoressa, Cristiano Raviola fuma sfoggiando la sua classica espressione, quella di un uomo genuinamente in pace col mondo. Il suo segreto per riuscire in un'operazione tanto difficile consiste nel non formulare mai e poi mai alcun pensiero al di fuori della sfera sessuale. Sia che si trovi sulla scena di un omicidio, o a un matrimonio, o in una balera oppure davanti all'eruzione di un vulcano, Raviola avrà sempre quel mezzo ghigno soddisfatto stampato in volto, una mano sempre pronta a ravvivare il ciuffo ribelle e il genere di Ray-Ban che andavano di moda tra gli aviatori e i fascisti negli anni Settanta. Il suo vestiario invece è tutto un tributo agli anni Ottanta. Decennio in cui il Raviola adolescente avrebbe voluto con tutte le sue forze vestirsi da paninaro, ma i suoi genitori, mezzadri, non erano certo tipi da spendere cifre folli per fibbie enormi, giubbotti gonfi di piume d'oca e stivali da cowboy, e così Raviola la sua rivincita sull'infanzia povera e amara se la prende adesso, anno del signore 2023, vestendosi come se fosse diretto a un appuntamento dal Burghy di piazza San Babila a Milano nel 1986.

Sul versante opposto della vita, nel dipartimento malinconie e depressioni, il Pinguino individua Carla Telesca, conosciuta anche come l'agente che non deve sorridere mai. Una giovane donna perennemente stanca, con i capelli ricci e una stazza da giocatrice di rugby, gli occhi scurissimi e dei problemi irrisolvibili con l'insonnia. Il Pinguino la ritiene portata per il proprio lavoro. Seppur provvista di poca empatia, la natura le ha concesso arguzia, e anche un certo intuito. Purtroppo alla natura benevola si è opposta la vita, la vita amara che per controbilanciare queste qualità e accentuare la sua già spiccata malinconia le ha appioppato come collega Gioacchino Listeddu, il più tonto di tutti: fronte lunga e petto concavo, attaccatura dei capelli e sopracciglia che convergono in un unico punto a formare una specie di elmetto nero corvino, che però al centro della testa si spalanca in una chierica maligna, maligna e precoce visti i venticinque anni del Listeddu. Precocità che Gioacchino conferma esibendosi in continue disattenzioni e amnesie degne di un anziano affetto dall'Alzheimer. Non importa quale ruolo gli venga assegnato, e non importa la semplicità del compito stesso, Listeddu troverà sempre il modo di vanificare il talento della sua collega, facendo avvicinare a grandi falcate il Pinguino all'appuntamento con l'ulcera perforata che lo attende, inesorabile, in agguato.

«Commissario?» Eccolo Listeddu, a cui era stato chiesto di restare con il broker svizzero dopo che quest'ultimo, a seguito del ritrovamento del cadavere, aveva finito col perdere i sensi.

«Che c'è, Listeddu?»

«Il morto è andato a casa.»

Il Pinguino, Raviola e l'agente Telesca fissano Listeddu increduli, perfino la dottoressa Lubatti non può far altro che interrompere il proprio lavoro e voltarsi di scatto.

«Come, il morto è andato a casa?» domanda il Pinguino.

«No, voglio dire, l'uomo che ha trovato la morta. Lui è andato a casa. Sua moglie è passata a prenderlo.»

Il Pinguino si accorge soltanto adesso di una BMW nera elettrica che in effetti sfreccia via, silenziosa come una biscia.

«E chi gliel'ha detto che poteva andare a casa?»

«Io, commissario. Sa, era molto pallido.»

«Gli svizzeri sono tutti pallidi» dice Raviola in veste da uomo di mondo.

«Era appena svenuto» interviene il Pinguino. «Normale che fosse pallido.»

«Ho fatto male a farlo andare a casa, commissario?»

«Vediamo un po'. Considerando che si tratta dell'unico testimone, e che per quello che ne sappiamo potrebbe perfino essere il colpevole, lei che ne dice, Listeddu? Ha fatto male?»

«Non saprei, commissario. Però ho paura che sì, che ho fatto male.»

«E lei me la assecondi sempre la sua paura, Listeddu, e non si fidi mai di chi le dice il contrario. Ricordi che la paura sta alla base della mancata evoluzione di moltissime specie, creature sopravvissute serenamente per svariate ere geologiche. E io ho motivo di credere che quelle creature siano i suoi antenati diretti. Le imiti, Listeddu, e si proibisca qualsiasi iniziativa.»

«Va bene, commissario» dice Listeddu, che continua a non aver capito ma sa per esperienza che in certi casi è sempre meglio defilarsi, infrattarsi. Però questa volta non è abbastanza rapido, perché il Pinguino lo richiama.

«Listeddu? Ma almeno l'indirizzo dello svizzero pallido ce l'abbiamo?»

Listeddu a quel punto si dà uno schiaffo in fronte così forte che risuona in tutta la valle.

«Non dica niente, Listeddu, si lasci maledire così, in silenzio, come fossimo due mimi.»

«Non si preoccupi, commissario» interviene Raviola. «Lo sanno tutti dove abita lo svizzero.»

«Difficile non saperlo» aggiunge la dottoressa Lubatti, tornata a esaminare la vittima.

«Difficile ma non impossibile» afferma spazientito il

Pinguino. «Visto che né io né il prode Listeddu lo sappiamo. E lei, Telesca? Anche lei sa dove abita il nostro uomo pallido e fuggitivo?»

Taciturna come un pesce, l'agente Telesca si limita a indicare il castello che domina una collina verso sud-ovest. Imponente senza essere pacchiano, circondato da un parco altrettanto notevole ma realizzato per non dare troppo nell'occhio, il castello venne edificato con lo scopo evidente di controllare l'intera area, e in effetti, osservato in controluce, somiglia a un enorme uccello appollaiato sopra una roccia, in attesa di una preda o di un rivale.

«Hai capito lo svizzero» si lascia sfuggire il Pinguino.

«Dicono che sia uno degli uomini più ricchi d'Europa» dice Raviola.

«Del mondo» lo corregge la dottoressa.

«Lasciamo perdere la classifica di "Forbes"» taglia corto il Pinguino, chinandosi per osservare meglio il corpo della vittima.

cannocchiale
gambale
marrano
melagrana

L'eco delle gocce. Un ultimo quartetto. Perché melagrana?, si domanda il Pinguino fischiettando per non sentire le parole dei suoi colleghi, mentre con una mano trattiene Gilda gildina che altrimenti cercherebbe di svegliare la vittima leccandole la faccia. Esattamente come fa con lui le mattine dopo certe bevute troppo prolungate e insistite. Quasi tutte le mattine, in pratica.

«Dottoressa, che sono quei segni sopra il seno?» domanda il Pinguino.

«Che segni?»

La dottoressa Lubatti muove delicatamente il corpo della ragazza per controllare, e in effetti, sollevandola su un lato, ecco apparire dei segni color viola, sferici ma imperfetti: chicchi di melagrana. Sono stati tatuati sulla clavicola sinistra senza un ordine preciso, come a formare una specie di costellazione, e da poco, almeno a giudicare dal gonfiore che ancora li circonda.

«Commissario, e lei come aveva fatto a vederli?»

«Ho tirato a indovinare, dottoressa, come sempre.»

Il Pinguino è dislessico e disgrafico, la sua grafia somiglia a un enigmatico incrocio tra un sismografo fuori controllo e la simbologia utilizzata dalle frange estreme del satanismo. Spesso nemmeno lui è in grado di decifrare i propri stessi appunti. E i suoi disegni, come quello che sta eseguendo adesso cercando di copiare fedelmente il tatuaggio della vittima, risultano persino peggiori della sua grafia. Ma disegnare è uno strumento utile per osservare con più accuratezza i propri soggetti, ed è proprio questo tipo di attitudine a permettergli di scoprire un dettaglio che altrimenti sarebbe andato perso: uno dei chicchi di melagrana, il più grande, ha una specie di pupilla al centro.

Una pupilla nera che lo fissa, che scruta il Pinguino.

«La ragazza è morta da almeno ventiquattro ore, ma

potrebbero essere perfino il doppio. La causa del decesso è l'asfissia» dice la dottoressa Lubatti indicando il livido scuro attorno al collo della ragazza. «L'hanno strangolata. Però, commissario, devo ammettere che se non l'avessi trovata così, voglio dire qui, in mezzo alla strada, avrei detto senza esitazioni che si trattava di un suicidio.»

«Suicidio?»

«Sì perché, vede, quando in un cadavere compaiono questi lividi sulle mani e sui piedi, si tratta sicuramente del cadavere di qualcuno che si è impiccato.»

Il Pinguino resta a fissare gli orribili lividi indicati dalla dottoressa. Simili a guanti scuri. Simili a calzari. *Cannocchiale, gambale.*

«Di qualcuno che è stato impiccato. Quindi. Potrebbe essere… potrebbero averla uccisa così» dice il Pinguino rivolto più a se stesso che agli altri.

«Commissario, pensa che l'assassino sia più di uno?» domanda Raviola.

Il Pinguino si rialza in piedi, prende Gilda gildina in braccio e le dà un bacio al centro della fronte, è il suo modo per scrollarsi di dosso l'immagine dei lividi su quella pelle bianca come il burro.

«Guarda le unghie della ragazza, Raviola.»

Il suo vice si china verso il cadavere. Troppo vicino al cadavere.

«Raviola!» sbotta la dottoressa Lubatti. «Ci manca solo che mi ci butti la cenere della sigaretta sopra!»

«Scusi, dottoressa» dice Raviola mettendosi la sigaretta dietro la schiena, come uno di quegli adolescenti alle prime esperienze col tabacco quando vedono arrivare i propri genitori.

«Che hanno le unghie, commissario? A me sembrano normali.»

«Appunto. Troppo normali. Troppo curate. Le unghie di una persona che viene impiccata dovrebbero essere conciate male, dovrebbero essere tutte scheggiate, rotte, perché la reazione istintiva di chiunque, sentendosi mancare l'aria, è quella di provare a stringere e strappare la corda, o il cappio, persino le catene.»

«A meno che la persona non sia stata sedata» sussurra l'agente Telesca. «Oppure…»

«Oppure?» domanda il Pinguino.

«Oppure la vittima potrebbe essere morta sul colpo, con un colpo solo intendo. E questo spiegherebbe le unghie intatte» dice l'agente Telesca.

«Esatto, Telesca, esatto» dice il Pinguino. «Ma fino a quando la dottoressa non saprà dirci se la vittima è stata narcotizzata o meno, io propongo di ragionare sulla seconda ipotesi. Quella dello strattone in grado di ucciderla sul colpo. Non è facile riuscirci nemmeno con i conigli e le galline. Voi che siete cresciuti in campagna lo sapete bene, non basta stringere e tirare, c'è bisogno di tecnica, tocca saperlo fare. E qui non si tratta di un coniglio, ma di una impiccagione, e per riuscire a impiccare una ragazza magra ma piuttosto alta, per riuscire a ucciderla in un colpo solo, ci sarebbe bisogno di un boia particolarmente esperto. E da queste parti, che io sappia, per fortuna di boia non ce ne sono stati per un bel po' di tempo. Dico bene?»

«In due invece, non dico che sia facile, però insomma...» dice Telesca.

«In due sì, in due ci si può riuscire» dice il Pinguino. «Sono d'accordo. Uno la spinge giù e l'altro o gli altri la tirano per le gambe» dice il Pinguino.

«Giù da cosa?» domanda al Pinguino un Listeddu perso come non mai.

«Per impiccarsi o per impiccare qualcuno, Listeddu, lei mi capisce, c'è bisogno di una caduta. Il corpo dell'impiccato deve cadere nel vuoto perché è allora che la corda si tende, il cappio si stringe e... *Tac!*»

Listeddu chiude istintivamente gli occhi, spaventato come un bambino troppo impressionabile davanti a una rissa improvvisa tra marionette.

«Però, insomma» interviene Raviola massaggiandosi il pizzetto squadrato come altri si massaggiano le meningi. «Potrebbero anche averla strangolata. Una corda la si può usare anche in quel caso, e il livido sul collo sarebbe lo stesso.»

Il Pinguino non è d'accordo. «Lei però dimentica le macchie, Raviola. Le vede le macchie viola sulle mani e sui piedi, simili a dei lividi? Come ci ha appena illustrato la dottoressa, quelle sono macchie di sangue che si formano soltanto in chi muore impiccato, perché tutto il sangue defluisce verso il basso, verso le mani e i piedi, per l'appunto. E comunque» conclude il Pinguino, «queste sono soltanto idee, nemmeno teorie, giusto idee. Per quello che ne sappiamo potrebbero tranquillamente averla narcotizzata, e in quel caso anche soltanto una persona sola sarebbe bastata a finire lo scempio. Però, mi sembra un po' troppo elaborata come tecnica...» Il Pinguino sprofonda nei propri pensieri, cerca di ottenere piena chiarezza nonostante l'eco delle gocce si faccia ancora sentire. "Perché lasciarla qui?" si domanda. "E quella scritta, quel nome... Come facevano a sapere che lo svizzero sarebbe passato proprio da qui?"

Quando il Pinguino è assorto nei propri pensieri si strofina la pipa sul volto formando dei cerchi concentrici, ed è per questo che Listeddu, grande appassionato di freccette, nelle frequenti occasioni in cui si lamenta del suo superiore, definisce il suo volto "uno di quei bersagli maledetti che non c'è mai verso di fare il punto che ti serve".

«Dottoressa Lubatti, e la ferita allo stomaco?» chiede il Pinguino.

«Strana ferita, commissario.»

«Perché strana?»

«Naturalmente dovrò fare altri esami in laboratorio, specialmente quello dell'istamina. Però così, a occhio, mi dà l'impressione che la ferita sia stata provocata dopo il decesso. Perché, vede, trattandosi di una ferita molto profonda, se gliel'avessero praticata prima dell'impiccagione, avremmo tracce di sangue su tutto il corpo.»

«Potrebbero averla pulita prima di metterla qua.»

«Certo, avrebbero potuto. Ma in quel caso sarebbero scomparse anche queste altre macchie di sangue. Queste più piccole, le vede? Non distanti dalla ferita. Queste credo siano una conseguenza della frattura del setto nasale. Capisce che se avessero ripulito attorno alla ferita principale, anche loro sarebbero scomparse.»

«E quindi?»

«E quindi io penso che la ferita profonda le sia stata inferta quando già era morta, o almeno priva di sensi. Penso che l'abbiano accoltellata con un oggetto appuntito e pesante mentre la tenevano a faccia in giù, probabilmente sollevata sia per le spalle che per le gambe. Di modo che il sangue invece di finirle addosso colasse tutto verso il basso. Magari sopra un telo di plastica, o comunque qualcosa in grado di contenerlo.»

«Sangue che probabilmente hanno usato anche per tracciare la scritta sulla schiena.»

«Molto probabile.»

Una giovane ragazza senza nome uccisa e utilizzata come calamaio per disegnare una svastica e per scrivere "Blom", il cognome della persona che l'ha trovata, nuda, a bordo strada. Rufus, il broker pallido che Listeddu ha fatto andare a casa.

«Dottoressa, ci sentiamo più tardi. Telesca, Listeddu, voi mi rifate un giro nei paraggi per vedere se troviamo qualcosa che l'assassino si è perso per strada. E già che ci siete interrogate di nuovo la gente del vicinato. E invece noi due» dice il Pinguino rivolto a Raviola, «noi ce ne andiamo dallo svizzero.»

5

Villa Blom, Rocca Ciglìè, Piemonte

Al Pinguino non piacciono quelli che hanno paura dei cani. Secondo lui sono come gli astemi, gente che ha qualcosa da nascondere, che ha paura delle proprie azioni. Se poi uno arriva ad avere paura della sua Gilda, della sua Gilda gildina che bacia costantemente tutto e tutti, bionda, dorata come una pagnotta, in quei casi il suo mancato apprezzamento diventa biasimo. Rufus Blom chiedendogli di lasciare la sua Gilda gildina in macchina parte male con lui. Molto male. Nonostante gli splendidi arazzi all'ingresso, arazzi che il Pinguino adora perché si tratta di un tipo di bellezza obbligata a mostrare la propria complessità, al contrario della bellezza che va di moda oggi, che è tutto un far finta che sia facile, alla portata di chiunque. Lui è sempre stato brutto, consapevole di essere brutto. E continua a esserlo. E proprio per questo ama le bellezze elaborate e apertamente artificiose, come quella degli arazzi ad esempio, con l'alternarsi di trama e ordito, o quella delle drag queen, o ancora quella dei lottatori di sumo.

Ma le cattive notizie da parte del padrone di casa non sono finite. No. Perché a Rufus Blom non basta avere paura dei cani, e nemmeno ascoltare in filodiffusione della orribile musica vagamente ambient e offrire al Pinguino una bevanda dietetica dal colore simile al rigurgito di un bovino, Rufus si spinge oltre e lo dice: «Nessuno» e poi lo ripete: «Nessuno».

Immancabilmente la parola "nessuno" costringe il Pinguino a tornare indietro nel tempo. Molto indietro nel tempo, sino all'infanzia. Un'età per lui popolata da molti libri e poche persone. Proprio in uno dei libri che gli facevano compagnia era contenuta l'illustrazione del ciclope Polifemo inferocito, colto nell'atto di lanciare una roccia enorme verso il basso, con la speranza di colpire Ulisse e i suoi uomini in fuga, colpevoli di averlo appena accecato proprio grazie a uno stratagemma dello stesso Ulisse. Il volto mostruoso del ciclope, trasfigurato dal dolore e dalla rabbia, rendeva ancora più terrificante la prospettiva scelta dall'illustratore: un costone di roccia ripidissimo, a strapiombo sul mare, un mare in tempesta, enorme, mortale e indifferente. Il Pinguino è tuttora convinto che i suoi problemi con le vertigini vadano ricercati in quel disegno, in quelle rocce quasi verticali e in quell'urlo disumano che riecheggiava verso il blu intenso del Mediterraneo.

Nessuno era il nome con cui il saggio Ulisse si presentò al ciclope Polifemo, prima di mettere in atto il suo stratagemma. E "Nessuno" è la risposta che il Pinguino si sente dare da Rufus, dopo avergli chiesto chi fosse a conoscenza del suo percorso di jogging mattutino.

«Nessuno, l'itinerario lo cambio tutti i giorni, per non annoiarmi» gli ha risposto Rufus in inglese, sorseggiando un intruglio vegetale a base di cardo, spinaci, erbe amare e susine acerbe.

«Nessuno.» La risposta peggiore, la più inutile. E aggiungiamoci pure Polifemo, il mare, l'infanzia triste. Le vertigini. Pessima, pessima combinazione. Per di più il Pinguino ritiene impossibile che nessuno fosse a conoscenza del suo itinerario. Qualcuno doveva saperlo. Altrimenti non si spiega come avrebbe potuto lasciare il corpo di quella ragazza in quel punto esatto, con la certezza che sarebbe stato proprio Rufus a trovarlo.

«Mi perdoni, torno subito» dice Rufus andando spedito verso quello che il Pinguino immagina debba essere il bagno. Per la seconda volta in mezz'ora.

ventiquattrore
sudore
cartina
borracina

Il commissario ne approfitta per guardarsi attorno. La sala principale del castello, nonostante le dimensioni imponenti e gli alti soffitti, al Pinguino ricorda comunque una grotta. Deve essere per via dei muri in pietra, scuri, massicci, se possibile resi ancora più monumentali dagli interventi architettonici recenti, le finestre altrettanto grandi e dalle forme irregolari, e le installazioni in legno scuro che sfiorano e in alcuni casi penetrano nella roccia, con le loro forme simili a demoni asiatici o creature marine.

«Le piacciono?» Rufus è tornato e cerca di sembrare in forma, ma la fronte resta sudata in modo eccessivo. «Li ho fatti realizzare a Bali. Sa, da quelle parti c'è una tradizione incredibile riguardo alla lavorazione del legno. Ma rischia di scomparire perché adesso le nuove generazioni preferiscono lavorare con i turisti, sono tutti istruttori di surf o cuochi, dj.»

Più si impone un unico modello culturale e maggiori sono le possibilità che tutti vogliano essere la stessa cosa, riflette il Pinguino, che però si limita a rispondere: «Immagino» per poi aggiungere: «In futuro avrei piacere a fare due chiacchiere anche con sua moglie».

«Quando vuole, commissario. Ma la prego, non la chiami "moglie", non ancora, ci sposiamo tra poco e su queste cose sono un po' superstizioso.»

«Mi perdoni.»

«Si figuri, non si deve scusare. Anzi, sono io che le chiedo scusa, il malore mi ha reso maleducato.»

«In che senso?»

«Mi sono messo a parlare inglese per abitudine, e perché lei lo parla molto bene, ma non le ho domandato se il suo collega ci capisce.»

Il Pinguino getta un'occhiata veloce a Raviola, che da quando sono entrati nel castello non ha smesso un istante di fissare Rose Bellamy con uno sguardo, e soprattutto un'intensità, che in parecchi Paesi del mondo basterebbero a giustificare un delitto d'onore.

«Oh, non si preoccupi. Il mio vice ha molte qualità, ma la conversazione non è inclusa.»

Rose Bellamy nel mentre sta girando un video con il proprio telefono, alterna sorrisi distesi a scoppi di pianto che però si interrompono bruscamente ogniqualvolta la registrazione viene messa in pausa per controllare il girato. La giovane donna si trova nella sala da pranzo, il cui soffitto trasparente lascia entrare un mare di luce che le illumina i capelli rendendoli dorati. I capelli biondi però gli fanno tornare in mente il corpo della morta, e così il Pinguino si affretta a distogliere lo sguardo. Con la speranza che Raviola faccia altrettanto, o che almeno non cominci a perdere bava dagli angoli della bocca come un cane idrofobo.

«Mi diceva che non le sembra di aver riconosciuto la vittima, ho capito bene?» domanda il Pinguino.

«Mi pare di non conoscerla. Anche se, insomma, non sono riuscito a guardarla più di tanto perché...»

«Certo, certo, è normale. Nemmeno io, con il lavoro che faccio, non sono mai riuscito a farci l'abitudine.»

«L'abitudine ai morti?»

«Agli omicidi.»

«Ma perché il mio nome scritto sulla schiena?»

«Per lanciarle un messaggio, un avvertimento, temo. Una minaccia.»

«Lei adesso mi chiederà se ho dei nemici.»

«No, non glielo chiedo perché so già che la risposta è sì. Tutte le persone molto ricche e potenti hanno tanti nemici. Dico bene?»

Rufus annuisce provando a sorseggiare il suo intruglio alle erbe, che a giudicare dall'espressione dipinta sul suo volto deve essere più amaro della bile.

«Però» aggiunge il Pinguino, «non tutti i nemici sono capaci di uccidere. E ancora meno di uccidere in questo modo. E mi scusi, ma cos'è quella macchia lì sul divano bianco?»

«Ah, quello è vino rosso, commissario. Un grande vino rosso, purtroppo andato sprecato. Ieri sera abbiamo cenato con degli amici, e una delle commensali si è fatta prendere un po' troppo dalla discussione col marito, al punto da scambiare il proprio bicchiere per un aspersorio benedicendo sia il divano che il tappeto.»

«Avrei bisogno dei nomi di chi ha cenato qui ieri sera.»

«Certo, come vuole» dice Rufus, «ma nel mentre le dispiace se andiamo sul terrazzo? Già che Rose è impegnata con il suo video vorrei approfittarne per fumare una sigaretta. Lei è una salutista e non sopporta il mio vizio.»

«La accompagno volentieri a celebrare il suo vizio insalubre. Io sono l'opposto di un salutista, signor Blom. Potremmo dire che sono un suicida molto, molto lento e meticoloso.»

Raviola nemmeno si accorge che il suo superiore e il padrone di casa sono usciti dalla stanza, è totalmente ipnotizzato dal corpo di Rose Bellamy che lui, a seconda della posizione e della luce, trasforma in gusti e odori diversi. Fa sempre così. Quando si imbatte in una donna che gli piace, la osserva più a lungo che può e la traduce nei sapori che ama, sapori legati alla cucina, al sottobosco, al vino, alle cantine dove riposano i formaggi, i salumi e le bottiglie buone. Dopo che è certo di aver individuato il sapore giusto, Raviola se lo rigira nella bocca con la lingua, come fosse una caramella. Da questa pratica deriva l'espressione così apertamente libidinosa, ma che in realtà, più ancora che al sesso, è legata all'alimentazione, al nutrimento. In un mondo privo di malizia risulterebbe immediatamente ovvio a chiunque come l'espressione di Raviola, più che al satiro, faccia pensare alle capre e alle mucche quando ruminano allegre dopo aver trovato erba medica, erba carica di gusto e di profumi. Ma il colpo di grazia per Raviola arriva soltanto quando Rose Bellamy ha terminato di girare il video da dare in pasto alle sue orde di follower. Infatti soltanto dopo aver schiacciato il tasto Invio sul suo cellulare la giovane inglese sorride soddisfatta e si volta verso di lui, mostrandogli i suoi grandi occhi azzurri e regalandogli un'epifania: Gamba di pernice! Questo urla Raviola all'interno della propria testa spaziosa e sgombra da pensieri e preoccupazioni. La gamba di pernice è un vino che si produce soltanto a Calosso, vicino a Santo Stefano Belbo, e ha un gusto molto particolare, un poco speziato, pepato. A Raviola piace berlo mangiando capperi e acciughe. Ed è proprio questo sacro connubio che Raviola avverte distintamente in bocca mentre continua a fissare Rose Bellamy, i suoi occhi azzurri e i suoi lineamenti così fini da risultare quasi impercettibili, come certe ragnatele se non le guardi controluce. La ragazza sta guardando a sua volta Raviola, domandandosi giustamente perché diavolo questo tizio la stia fissando con 'sta faccia da matto, ma la sua espressione preoccupata, e infastidita, viene recepita da Raviola come un invito a proseguire. Sono giochi d'amore, si dice soddisfatto. Facile che sia già innamorata, niente di più facile. Purtroppo a interrompere l'idillio di Raviola interviene il solito cellulare, quello della ragazza, che squilla una volta e poi riprende, dopo che lei ha messo giù la prima volta. Raviola non parla l'inglese, ma non ce n'è bisogno per capire che chiunque l'abbia chiamata si è beccato un bel "non rompere i coglioni" di proporzioni notevoli. Il cambio repentino d'espressione sfoggiato dalla sua innamorata fa eccitare Raviola persino di più. Sangue potente, amante rovente, conclude il vice del Pinguino l'attimo prima che il suo capo lo richiami all'ordine.

«Raviola? Se non le è preso un ictus, sarebbe il caso di andare.»

«Ma che ictus, commissario, stavo studiando la situazione.»

«Ah sì? Bravo! E allora mi dia una mano a ricordare quante fotografie c'erano sopra il pianoforte a coda.»

«Sopra il piano? Quattro! Ce n'erano quattro, commissario.»

«Non c'era nessun pianoforte a coda, Raviola. La smetta di fissare la futura moglie del padrone di casa e andiamo.»

«Ma non la interroghiamo? Voglio dire, non la interroga, la ragazza?»

«Per ora basta la radiografia che le ha fatto lei, Raviola.»

Il Pinguino si volta a salutare il padrone di casa rimasto a fumare in terrazzo ed esce, seguito dal suo vice che continua a rigirarsi in bocca quel gusto di pepe e raspo d'uva e cappero salato che lui è ormai certo di ritrovare, prima o poi, baciando la bocca e il collo della futura signora Blom.

5 ½

Latte, Liguria

Da quando il Pinguino è stato trasferito in Piemonte e non vive più vicino a lei, sua madre, Piera, ha scoperto l'uso dei messaggi vocali. Gliene invia un paio al giorno. Alle volte gli parla del clima, gli descrive il mare o un certo tipo di pioggia, altre volte gli racconta dei sogni o delle storie che ha sentito al mercato. Oppure gli dà dei consigli pratici, su come fare certi sughi, o su come tenere lontane le tarme dagli armadi mettendoci dentro figlie di alloro intrecciate. Spesso, però, trova il modo di parlare del suo defunto marito, fingendo di raccontargli tutt'altro.

«Mi sono messa a giocare al lotto. Lo so, lo so, sono troppo vecchia per farmi nuovi vizi. L'hai pensato, vero? E invece no! E poi, facendo le prime schedine ho capito perché a tuo padre piaceva giocarci. Perché è un buon modo per allenarsi alla sconfitta. Uno gioca sognando di vincere, certo. Ma perde sempre. Ogni settimana. È come una palestra, come una palestra che tonifica quei muscoli incaricati di amministrare le sconfitte. Esistono muscoli così? Secondo me sì. E sai qual è il loro vero scopo, la loro vera ragione? Ci ricordano che anche i miracoli esistono, anche loro, e però sono ingiusti. Sono ingiusti perché si concedono a pochi, a pochissimi. E allora noi, per vendicarci, dobbiamo allenarci a perdere.»

Il Pinguino pensa che se le cose stanno davvero così, allora lui è uno degli uomini più allenati del pianeta Terra.

6

Pornassio, Liguria

Settanta chilometri per bruciare della roba che il fuoco si sarebbe preso volentieri ovunque, anche di fianco a casa, in cortile. E invece no. Invece Franchino vai dove sai, Franchino vacci subito, Franchino non fermarti manco a pisciare e fai attenzione.

La gente ricca è gente potente, e la gente potente è gente viziata. E uno dei loro vizi preferiti è la paranoia. Perché tanto, quando hai i soldi e il potere, la paranoia puoi sempre farla scontare agli altri, a chi sta sotto di te, a quelli come lui, come Franchino.

Tutta la vita che Franchino si presta, sempre a disposizione, sempre fedele. Come un cane. Ma almeno ai cani ogni tanto una carezza gliela fanno. A lui no. Per Franchino soltanto spicci e lavori ingrati. Lavori che ti sporcano le unghie e gli occhi per sempre. Vero è che col tempo ci si abitua a tutto. Lui, Franchino, si è abituato anche alla galera. Sei anni si è fatto dentro, in silenzio, senza farsi scappare un segreto che fosse uno. E anche se non lo ammetterebbe mai, i sei anni di gabbia non sono stati nemmeno gli anni peggiori della sua vita. Nient'affatto i peggiori. Perché sì, è vero, in prigione ogni tanto si rischia un litigio, una zuffa, e poi certo, ci si annoia, ci si annoia parecchio, inutile negarlo, e specialmente uno come lui poi, uno abituato a camminare tanto, in campagna, uno che anche di notte sa trovare i sentieri più nascosti, come le bestie, come i lupi. Però la prigione gli offriva un gran vantaggio a Franchino, lo proteggeva da quelli che fuori dalla prigione lo obbligano a fare certe cose, certe cose cattive che lui chiama "le faccende buie". Per sei anni è stato dentro, prendendosi la colpa per tutti e restando zitto. Lui sperava che questo silenzio fosse come la rata di un mutuo, come l'ultima rata da pagare per ottenere in cambio la libertà. Invece si sbagliava Franchino. Perché dopo i sei anni sacrificati al silenzio, una volta messo piede fuori dalla prigione lui non è diventato libero. Al contrario, hanno ripreso a dargli ordini, esattamente come facevano prima. E così sono ricominciate le notti lunghe, le urla, le cose da bruciare e le cose da seppellire. Le persone che prima ci sono, e poi non ci sono più.

Quando Franchino partecipa a queste "faccende buie", quando si mette a disposizione dei padroni, a guardarlo da fuori, uno potrebbe persino pensare che gli piace, che si diverte, Franchino, che fare quelle cose e farle in quel modo gli dia soddisfazione.

Ma invece no. Franchino le fa soltanto perché le deve fare. E poi perché ha paura. Perché ne ha già visti altri come lui, altri cani che nessuno accarezza mai, li ha già visti scomparire. Tutti quelli che hanno tentato di ribellarsi, di dire di no, sono tutti scomparsi nel bosco, a prendere acqua assieme ai funghi. Franchino sa che la cresta va tenuta sempre bassa, perché altrimenti succede come con i galli che si azzardano a fare qualche mossa strana, e che poi la sera stessa finiscono nel brodo.

Pornassio è un paesino che a passarci nel mezzo sembra fatto giusto di un paio di case in salita, un alimentari con la vetrina ingiallita dalla polvere, una fontana e poco dietro una chiesa. Però in realtà tutt'attorno ci sono le vigne, e attorno alle vigne ci sono altre case. Alcune case sono molto isolate. Franchino raggiunge quella più in disparte, quella che prende meno sole di tutte le altre. Se uno volesse piantarci qualcosa, della verdura, dell'uva, sarebbe la più sfortunata, perché la terra che prende troppa ombra si guasta, va bene per il muschio, non per le cose da mangiare e da bere. Ma invece per Franchino è la casa giusta, perché lui non vuole essere visto. Lui vuole bruciare le cose che vanno bruciate senza che nessuno se ne accorga troppo. Giusto un po' di fumo nell'aria, come ce ne sono tanti, in campagna, la mattina presto. Dopo aver parcheggiato nel cortile della casa in ombra, Franchino tira fuori un sacco della spazzatura che contiene il motivo per cui ha appena guidato per settanta chilometri: iniziando da un paio di pantaloni leggeri leggeri, fatti di un materiale che a lui ricorda quello delle garze per fasciarci le ferite, ma che odorano di lavanda e di donna e di sudore. Poi una maglietta, nera, con le maniche lunghe, che sa di deodorante alla frutta e di sangue. E poi delle calze, nere anche quelle e corte, e un maglione di lana viola scuro, un cerchietto per i capelli di pelle marrone e un portafoglio di tela verde con la zip rotta. E ancora un pacco di tabacco quasi vuoto e delle cartine corte, sporche di sangue. Ci sono anche uno zainetto di vinile giallo e delle scarpe da ginnastica colorate. Franchino butta tutto nel bidone di metallo arrugginito posizionato poco distante dal rudere disabitato, e ci rovescia sopra della benzina. E ride. Ride all'idea di essere una specie di prete che usa la benzina al posto dell'acqua santa. Ma la risata subito gli si spezza in bocca, come una crosta di pane duro. Franchino prende a guardarsi attorno, ansimando come una bestia braccata. Di cosa ha paura, Franchino? Non c'è anima viva per chilometri. C'è soltanto lui nel cortile sporco di questa casa abbandonata. Lui e la sua spalla storta che lo fa sembrare gobbo. Lui e la sua faccia che spaventa i bambini se si avvicina troppo, per via della cicatrice sul labbro e degli occhi che sembrano sempre troppo aperti, spalancati come quelli di chi ha le visioni, di chi vede i fantasmi. E sono proprio loro, i fantasmi, a spaventarlo. Sono loro che lo obbligano a guardarsi attorno, a controllare ogni ombra e ogni rumore sospetto. E il fatto che Franchino non noti nulla di strano non lo tranquillizza affatto. Lui infatti i fantasmi non li sa vedere. Ma i suoi padroni invece sì, loro i fantasmi non soltanto li vedono, ma ci parlano pure. Sanno come farsi dire le cose, sanno farsi consegnare i segreti. Ed è per questo che Franchino ha paura a disubbidire ai loro ordini. Perché teme che i fantasmi lo seguano e lo spiino, per poi andare a riferire dei suoi piccoli tradimenti.

Se uno dei suoi padroni entrasse mai nella sua stanza, in quella stanza che lo aspetta in Piemonte, a settanta chilometri da qui, e in cui Franchino dorme al freddo come un cane randagio, troverebbe una vecchia valigia piena di paglia, e se infilasse le mani dentro la paglia troverebbe delle mutandine da donna. Mutandine di tutti i colori e tessuti, come un arcobaleno privato, in miniatura. Come un arcobaleno di stoffa che Franchino di notte, specialmente nelle notti senza luna, si mette sulla faccia e in bocca, per non sentire il freddo e la solitudine.

Anche questa volta Franchino brucia tutto, tranne le mutandine della ragazza della sera prima. Quelle non le regala alle fiamme ma se le appoggia sulla faccia, sul naso, per poi guardarci attraverso e godersi il cielo e il profumo. I disegni del pizzo gli ricordano che la felicità è un labirinto intricato, e che l'unico modo per trovare l'uscita è non smettere mai di cercarla. Franchino dopo aver fissato il cielo si infila le mutandine in tasca e si accende da fumare. Le fiamme che divorano gli oggetti coperti di benzina gli ricordano il proprio stesso sangue: sangue di gente abituata a servire, sangue aspro e stupido che per muoversi ha bisogno di un cuore grasso e nero. Quello che gli batte nel petto. A lui e ai suoi padroni dalle dita lunghe e sempre pulite.

7

Trattoria Nisurin, Piemonte

I veri eccentrici non amano attirare l'attenzione. E proprio per questo motivo, le abitudini quotidiane sono il loro nascondiglio prediletto.

Frequentare sempre gli stessi posti, giorno dopo giorno, è infatti il solo modo concesso loro per addestrare gli altri avventori abituali a non far caso a quell'insieme di stranezze, rituali assurdi e pratiche bizzarre di cui ogni eccentrico ha bisogno. Perché insomma, vedere una donna che porta un coniglio in testa come fosse un cappello stupisce la prima volta. Ma incontrandola tutti i santi giorni, alla fine, si smette persino di notarla.

«Buongiorno, commissario» ecco Gemma, la proprietaria e anima della trattoria con il carrello portavivande. «Allora, come sempre iniziamo dalla fine. Dico bene, commissario? E quindi ecco la sua panna cotta. Senza cioccolato, che lei il cioccolato me lo soffre, ormai l'ho imparato. E poi la zuppa di castagne e toma. Toma di pecore felici, commissario, che a metterla in bocca sembra di sentirle cantare. E poi il brasato, al

Barolo, e l'insalata di rapanelli e nocciole tostate. Oggi le ho fatto aggiungere un po' di porcini freschi che mi hanno portato stamane. Ho fatto bene, commissario? Io dico di sì. E poi lo zabaione, immancabile, con un'aggiunta di Marsala in più per non sentire il vento che tira oggi, e poi… che altro…»

Gemma è una donna di settant'anni dai capelli vaporosi e gli occhiali dalla montatura enorme. Si muove a piccoli passi, come se le gambe fossero imprigionate in una gonna lunga e stretta. Anche le braccia non azzardano mai gesti ampi. Stessa cosa il sorriso, genuino ma contaminato dal dolore dei tanti acciacchi che le guastano la vita.

«Il pane burro e acciughe, signora Gemma» dice il Pinguino.

«Ah certo! Naturalmente, le acciughe al verde. Eccole. Vanno bene qui?»

Il Pinguino si alza in piedi per controllare meglio la tavola: tutti i piatti e piattini sono stati sapientemente disposti a formare un cerchio che occupa l'intera superficie esterna del tavolo rotondo.

«Perfetto, Gemma.» Il Pinguino sorride e allunga un pezzo di grissino a Gilda gildina. «Perfetto come sempre.»

Gemma è soddisfatta, ed è proprio per non darlo a vedere che china il capo, come a cercare qualcosa sul pavimento. A certe latitudini, infatti, la soddisfazione si è abituati a nasconderla come le proprie nudità. Il Pinguino da bravo ligure lo sa bene.

«E allora, se è tutto a posto, commissario, bisogna

riempire il centro del cerchio. Dico bene? Ormai ho imparato la sua maniera di fare le cose. E per riempirlo, per riempirlo come si deve, niente di meglio di un po' di vino, giusto? Una bella Barbera, commissario, di quelle che piacciono a lei, una Barbera che sa di legna e mirtilli. In senso buono, eh, commissario, in senso genuino. E dopo tocca agli agnolotti. Sei agnolotti burro e salvia. Non uno di più e non uno di meno, come sempre. E per finire, la solita tazza di brodo. Oggi è di cappone.»

«Signora Gemma, lei è una delle poche ragioni per cui ancora non mi sono buttato sotto il tram» dice il Pinguino facendo arrossire l'anziana proprietaria. «Lei, la sua cucina, e anche il fatto che per lanciarmi sotto il tram dovrei andare fino a Torino che dista un'ora di macchina, e il tempo, lo sappiamo bene, è tiranno.»

«Ma che tram e tram, commissario» dice Gemma andando via a piccoli passi. «Buon appetito piuttosto.»

A questo punto, indipendentemente che si tratti di portate dolci o salate, il Pinguino ingoia esclusivamente cibi distanti gli uni dagli altri, come a formare delle linee rette all'interno del proprio cerchio commestibile, alternandole con un sorso di brodo, un sorso di Barbera e mezzo agnolotto. E così via, sino alla fine di tutti i piatti. Con un ritmo lento ma costante. Questa tecnica bizzarra, lo confessò una volta il Pinguino stesso a Raviola, gli permette di ottenere una digestione impeccabile e, al contempo, di riflettere nel miglior modo possibile. Di lavorare insomma. E oggi, di materiale su cui lavorare, ne ha fin troppo.

Dopo aver lasciato il castello del broker svizzero, il Pinguino è andato a parlare con le altre quattro persone presenti alla cena della sera prima.

Due coppie.

La prima coppia è formata da Jacopo Zago, scrittore di bell'aspetto e dunque presumibilmente mediocre prosatore, di sicuro egocentrico, nonché amministratore di una blasonata azienda vinicola di proprietà della famiglia della moglie da molte generazioni. Blom ha conosciuto ed è diventato amico di Zago proprio dopo aver visitato la celebre cantina. La moglie di Zago, Ambra Cometto, è una docente universitaria di micologia, con tutta evidenza più intelligente, malinconica e taciturna del proprio compagno. Nonché ultima erede di una delle famiglie più importanti e ricche della zona.

L'altra coppia, formata da due sessantenni molto abbronzati e sorridenti, i coniugi Fisher, dopo aver venduto un brevetto riguardante un certo tipo di rasoio elettrico, si è trasferita dalla Germania nelle Langhe, al fine di trascorrere una placida pensione dorata, dedicandosi ai piaceri della tavola, alle passeggiate e alla coltivazione di nocciole biologiche dall'aspetto piuttosto malconcio.

Il vero motivo per cui il Pinguino aveva deciso di non interrogare subito la futura signora Blom, oltre che per via dell'imbarazzo che gli provocava Raviola con il suo sguardo da molestatore seriale, era dato dall'esigenza di sentire il prima possibile la versione degli altri commensali, in modo da valutare l'onestà di Rose Bellamy disponendo di testimonianze incrociate.

Il Pinguino non ha alcun motivo per sospettare della ragazza, come d'altronde non ha alcun motivo apparente per alternare mezzo agnolotto a un cucchiaio di zabaione e un sorso di brodo, ma la vita nelle faccende criminali è spesso prevedibile, banale persino, e quasi sempre i colpevoli, o i complici dei colpevoli sono proprio le persone più vicine alle vittime. Certo, sempre ammesso e concesso che Blom sia una vittima, e non un assassino particolarmente barocco e machiavellico.

Però il Pinguino tende a escluderlo. E non perché gli sia sembrato una persona impermeabile al fascino del male, ma proprio per il motivo opposto. I suoi modi cortesi e raggelati sottolineano un'assidua frequentazione con il male, soltanto che si tratta di un male totalmente legalizzato: quelli perpetrati da Blom sono crimini che prendono il nome di alta finanza, e come tali invece di essere combattuti vengono idolatrati. Rufus Blom come assassino il Pinguino proprio non ce lo vede. Troppo assuefatto alla geometria dei flussi finanziari per appassionarsi al sangue, troppo abituato al dominio delle scommesse che riguardano migliaia, milioni di persone per trarre piacere dal dominio su di un unico corpo. E poi la sudorazione eccessiva, costante, e quel continuo bisogno di scappare in bagno non somigliavano al nervosismo di chi ha paura di essere scoperto, quanto a un fastidio reale, totalmente fisico, causato con tutta evidenza dalla vista del cadavere della ragazza. Come ai vecchi sarti basta sfiorare un tessuto per capire se si tratta di un prodotto di qualità o di un mix di plastiche mediocri, allo stesso modo il

Pinguino ha dimestichezza con l'orrore, sa individuare una reazione genuina rispetto a una recitata. E Rufus Blom non stava recitando.

Entrambe le coppie interrogate hanno descritto una cena piacevole, con vini e cibi di grande qualità. Visto che era la serata libera del cuoco di Blom, e dato che nessuno aveva troppa voglia di cucinare, il menu si è basato su una ricca selezione di formaggi, funghi crudi e tartufi. Rose Bellamy si è occupata delle uova da abbinare ai tartufi, mentre Zago, lo scrittore che il Pinguino immagina mediocre, si è preso carico di affettare i funghi e di far assaggiare i propri vini. In entrambe le mansioni si è dimostrato molto generoso. La coppia di tedeschi ha ammesso di aver finito la serata in condizioni particolarmente imbarazzanti. Lui rallentato e inebetito, lei che non smetteva un attimo di ridere. Ma a versare il vino sul divano di casa Blom non sono stati i due tedeschi attempati e sbronzi, bensì la solitamente morigeratissima Ambra Cometto. Che però ha negato qualsiasi litigio con il marito, ammettendo di essere inguaribilmente maldestra, specialmente dopo qualche bicchiere di vino di troppo.

muffa
zuffa
noce moscata
vittoria mutilata

Il Pinguino per riflettere con maggiore accuratezza e per godere appieno del pranzo ha infilato le cuffiette e ha fatto partire la musica. La selezione prevede musica dub, la sorella pensierosa e visionaria della reggae, caratterizzata da riverberi a cascata e ritmi indolenti che spesso si accartocciano o si dilatano. Secondo il Pinguino la musica dub è ideale per digerire i pensieri. Semplicemente perfetta per prendere i pensieri complessi e scomporli, come si fa col cibo, fino a ridurli al massimo grado di semplicità possibile, e infine renderli utili, farli diventare nutrimento. Però oggi il meccanismo sembra inceppato. I dettagli di questo caso di omicidio invece che procedere assieme, con un briciolo di coerenza, sembrano ostacolarsi a vicenda.

Perché se è già difficile immaginare qualcuno in grado di uccidere una ragazza per poi utilizzarla come fosse un messaggio minatorio, arrivare a credere che l'assassino dietro a un progetto tanto efferato e rischioso si sia poi affidato al puro caso per recapitare la propria minaccia è un'ipotesi che al Pinguino sembra assurda. Che Rufus Blom inizi la giornata correndo possono saperlo in tanti. Ma che sarebbe passato proprio in quel punto di strada invece non lo sapeva nemmeno lui stesso, nemmeno Rufus Blom, visto che ha deciso l'itinerario all'ultimo istante. Se l'assassino avesse voluto la certezza di far ritrovare il cadavere proprio a lui, a Blom, avrebbe potuto lasciarlo davanti al suo castello, o almeno nelle vicinanze. E invece no. Da tutt'altra parte. Perché?

Il Pinguino cerca una risposta addentando il brasato e mischiandolo a un sorso di brodo e una cucchiaiata di zuppa di castagne. Il gusto del brasato è intenso e stabile, inizia e finisce con le stesse note, è come una base, come le fondamenta di una costruzione. E nel caso di oggi, è il corrispettivo dell'omicidio della ragazza: il crimine efferato, il gesto irrimediabile su cui tutto il resto poggia.

Mentre il brodo, con il suo sapore in apparenza semplice, ma che in verità si modifica diminuendo di calore, rappresenta un cambio repentino, persino una sorta di tradimento. Il brodo nella bocca del Pinguino va a compromettere la stabilità del brasato, lo altera rendendolo un'altra cosa. Allo stesso modo in cui il fatto di aver trasformato l'omicidio della ragazza in un macabro messaggio fa quasi sembrare l'omicidio stesso come meno importante. Lo degrada a semplice strumento. Ma perché un assassino, specialmente un assassino che uccide in modo così teatrale, dovrebbe sacrificare il proprio capolavoro? Per arrivare a cosa?

La risposta, il Pinguino ne è certo, deve essersi nascosta nella zuppa di castagne.

In questo gusto che inizia dolciastro e poi sul finale si fa inacidire e salare dalla toma di pecora. Un gusto che inganna, quindi, un gusto che inizia in un modo per poi sterzare di colpo e finire altrove. Ma quale delle due parti è veritiera e quale invece rappresenta un depistaggio? L'inizio dolciastro oppure il finale acidulo e salato?

Non sapendo offrirsi una risposta certa, il Pinguino decide di allungare un altro grissino a Gilda gildina. Ma la bassotta, saggia e abilissima nell'ispirare simpatia, rendendosi conto che il Pinguino è troppo distratto, si sta facendo il giro dei tavoli degli altri habitué, e proprio in questo istante si è vista regalare i resti di un prelibato cosciotto d'agnello.

Il Pinguino è solo, quindi, solo contro i propri stessi pensieri e le sue quasi teorie che si ostinano a non trovare collocazione. Beve un sorso di Barbera, e poi un altro. Al secondo sorso di vino, che gli suggerisce di chiudere gli occhi, avverte nel naso un profumo che ama, quello delle cantine scavate nella roccia, e poi quello di un bosco dopo la pioggia.

«Commissario?»

Una voce lo richiama, una voce che il Pinguino preferirebbe trattenere oltre le proprie palpebre serrate, fuori dalla propria giurisdizione privata: il lavoro, la vita, le scelte, gli sbagli, tutto fuori, questo sogna il Pinguino. Ma la voce ritorna. La voce di Raviola ritorna.

«Mi spiace disturbarla, commissario. Però la Lubatti mi ha chiesto di dirle che nel corpo della ragazza ha trovato ingenti quantitativi di... di una droga. E poi anche una stella di David, ha presente? La stella dei nazisti.»

«Degli ebrei, Raviola, la stella di David rappresenta la civiltà ebraica. I nazisti obbligavano gli ebrei a indossarla per poterli sempre riconoscere e identificare. E dove l'ha trovata la stella? Tatuata da qualche parte?»

«No no, nessun tatuaggio, è fatta di stoffa la stella che ha trovato.»

«Di stoffa? Ma se la ragazza era nuda.»

«Infatti, commissario, la stella di stoffa ce l'aveva dentro, la ragazza, nella pancia.»

Gilda gildina deve aver avvertito lo stomaco del Pinguino stringersi come il nodo di una cravatta e deve essersi preoccupata, visto la velocità con cui arriva a leccargli la caviglia.

La giovane morta senza nome. Usata come calamaio per scrivere il nome di Rufus Blom e gettata a bordo strada come un forno rotto. Adesso si scopre che non è stata usata soltanto come calamaio, ma anche come contenitore, di droga e di stelle di stoffa.

Il Pinguino serra i denti per controllare la rabbia. Non ce la fa. L'unico modo per riuscirci davvero è darle un nome. Dare un nome a questa povera ragazza. E poi trovare chi le ha fatto tutto questo.

8

Lo Sbaranzo, Piemonte

I due anziani imbacuccati nei loro maglioni in pile hanno risposto alle domande dell'agente Telesca. E lei quindi ringrazia e procede verso la macchina. Listeddu invece rimane impalato davanti alla coppia, che a sua volta resta immobile sulla soglia di casa, in attesa che il poliziotto segua la sua collega. Ma Listeddu non si muove. Non fosse per il sorriso ebete e rilassato parrebbe vittima di un ictus.

«Gioacchino?» lo chiama Carla Telesca.

Listeddu fa sempre lo stesso sogno. Lo fa di notte, quando dorme, ma anche di giorno, da sveglio. Ogni volta che chiude gli occhi, ogni volta che fissa qualcosa per più di trenta secondi, Listeddu sogna. E lui fissa quasi tutto per più di trenta secondi, perché ci vede poco e perché da quando lesse in un giornale per adolescenti che le ragazze non amano i tipi con gli occhiali, lui rifiuta di indossarli, tranne quando è al volante. Potrebbe usare le lenti a contatto, certo, come ha fatto per superare gli esami per entrare in polizia, ma Listeddu, per ragioni ugualmente sbagliate e assurde, è convinto che l'utilizzo delle lenti a contatto a lungo andare provochi l'impotenza. E lui, pur essendo ancora tecnicamente vergine, è altrettanto convinto di essere nato per fare lo stallone: verrà il giorno in cui ogni donna vorrà fare l'amore con lui, Listeddu lo sa, lo sente, e non soltanto le donne che vivono nei paraggi, no, no, arriveranno anche le donne e le ragazze fuori dalla provincia, persino da altre regioni. E il fatto che a oggi nessuna ragazza abbia accettato le sue avances, invece di scoraggiarlo, lo motiva ancora di più: questa fase solitaria e sfortunata è una rincorsa, e si sa, più la rincorsa è lunga e maggiore sarà la portata del salto.

«Listeddu! Ma allora, che fai, dormi in piedi?!»

Lei no, decide Listeddu ritornando dolorosamente sul pianeta Terra: Carla Telesca rimarrà esclusa dalla lista di fortunate a cui lui concederà il suo amore.

«Hai registrato tutto?» domanda Telesca una volta che Listeddu è entrato in macchina.

Così impara a trattarmi sempre come uno scemo, pensa Listeddu.

«Allora?»

«Ma certo che sì» dice Listeddu armeggiando con il proprio cellulare. «Senti.»

Invece della conversazione che Carla Telesca ha appena avuto con i proprietari della cascina più vicina al luogo del ritrovamento del cadavere, dal cellulare di Listeddu fuoriesce una litania distante, che svela soltanto dopo un ascolto prolungato: è una versione al karaoke di *Con un deca* degli 883.

«Aspetta, aspetta» dice Listeddu riprendendo con la sua abituale sudorazione eccessiva. «Questo è una roba di ieri sera ma... sono sicuro, sicurissimo di aver registrato tutto...»

Carla Telesca sa benissimo che Listeddu non ha fatto quello che doveva fare. Il poco, pochissimo che gli era stato richiesto. Lo sapeva fin dal principio, e proprio per questo ha registrato lei stessa la conversazione. Ma per puro sadismo fissa il collega impanicato e resta in attesa, come per lasciargli il tempo di cercare questa fantomatica registrazione, che non esiste. Listeddu traffica con il proprio cellulare, finge di cercare cartelle inesistenti digitando comandi inventati sul momento, sbuffa, si rigira il telefono in mano come se scottasse, e infine arriva a rivolgersi in modo autoritario a un fantomatico assistente vocale che però, non essendo mai stato installato sul suo cellulare, non può far altro che tacere.

«Listeddu, hai finito con la coreografia?»

«Ma che coreografia, è colpa di 'sto cellulare di merda che perde colpi.»

«Ma se l'hai comprato due settimane fa.»

«Tre. Tre settimane fa.»

«Lasciamo perdere, che è meglio. Andiamo.»

Listeddu mette in moto e parte. Si sente uno schifo, è angosciato all'idea di dover informare il Pinguino della mancata registrazione. Gli piacerebbe credere che il suo superiore lo sgriderà, come farebbero tutti, ma invece no, Listeddu sa che quell'uomo assurdo, quell'uomo a forma di pera, quell'uomo a forma di birillo, farà di peggio: sorriderà, l'infame. E poi lo prenderà in giro dicendogli delle cose che a lui, a Listeddu, inizialmente sembrano persino dei complimenti, o comunque delle cose affettuose, ma che poi, trascorso del tempo, alle volte minuti, altre volte ore, persino giorni, si riveleranno per ciò che davvero sono: colossali prese per il culo.

«Carla, ma tu c'hai una memoria incredibile, lo sanno tutti. Sono sicuro che, insomma, anche senza registrazioni tu, dài, insomma, tu le cose importanti che ci hanno detto i due vecchi, tu te le ricordi. No? Dài che te le ricordi… no?»

«Zitto, Listeddu. I due vecchi non hanno detto niente di importante. Stai zitto e guida.»

Uno dei talenti più evidenti di Gioacchino Listeddu, i maligni lo definirebbero il suo unico talento, consiste proprio nella sua abilità al volante. Se in qualsiasi altra attività Listeddu risulta sempre manchevole, privo di riflessi mentali adeguati, quando si tratta di motori la faccenda cambia. In macchina Listeddu è chirurgico, efficace, semplicemente perfetto. Persino la sua espressione cambia, si fa meno vacua, dà l'illusione che dentro la calotta cranica, dietro l'orizzonte scuro creato dalla fronte bassa sigillata alle folte sopracciglia, alberghi persino un qualche ragionamento.

«Ti sei offeso, Gioacchino? Ci sei rimasto male che ti ho sgridato?»

«Offeso io? Ma figurati.»

«Però hai quella faccia.»

«Che faccia?»

«Quella da cane che non riesce a cacare.»

«Ma non si dice "faccia da cane bastonato"?»

«Di solito. Però la tua è più da cane che non riesce a cacare. Che lo vedi che si sforza, che soffre, ma che proprio non ce la fa.»

«Si dà il caso, Carla, che io cachi da Dio. D'accordo?»

«Però pari triste.»

«Perché mi tratti sempre da scemo.»

«Dovevi soltanto schiacciare il tasto Play, Gioacchino.»

«Tanto lo so che l'interrogatorio l'hai registrato tu. Lo fai sempre.»

«Faccio sempre cosa?»

«Che mi fai stare una merda perché io non ho fatto la registrazione, e poi, dopo che l'ho detto al Pinguino, e dopo che lui si è sparato tutto il suo bel teatrino e mi ha fatto fare la figura del pagliaccio con le rotelle, ecco che sbuchi tu e dici che la registrazione ce l'hai.»

«Ma che dici?»

«Dico dico. Lo fai, Carla. L'hai già fatto altre volte.» Listeddu accosta di colpo e si volta verso la collega cercando di sorridere in modo amichevole. «Però, mica mi offendo, eh Carla? Dico, se la registrazione l'hai fatta tu, a me sta bene. Basta che ce l'abbiamo. O no, Carla? Ce l'abbiamo?»

«Te lo dico se tu mi racconti il tuo famoso sogno.»

Gioacchino smette di sorridere e riparte a tutta velocità.

«Son fatti miei cosa sogno.»

«Mica è vero Gioacchino. La gran parte dei disastri

che fai è causata da questo famoso sogno. Potrai scusarmi se sono curiosa? Mi pare normale.»

«Noi sognatori, Carla, i sogni non li raccontiamo.»

«Ah no?»

«Eh no. Noi li mettiamo in pratica.»

«E chi sarebbero gli altri sognatori come te?»

«I grandi della storia. Gente come John Lennon, gente come papa Wojtyła. Gente come Adolf Hitler.»

«Adolf Hitler?! Ma che, sei pure nazista?!»

«E mo' spiegami che c'entra Adolf Hitler col nazismo.»

«Guida Gioacchino, stai zitto e guida, che è meglio.»

«Ma la registrazione...»

«Ce l'ho, feldmaresciallo Listeddu, ce l'ho la registrazione. Vivi tranquillo.»

Listeddu smette immediatamente di sudare come un condannato a morte e sorride compiaciuto. Il vento scuote i filari, e lui, Gioacchino, con la sua vista scadente ha gioco facile a immaginare ogni pianta di vite come fosse una donna che procede verso di lui. Tutte le Langhe sono nient'altro che una processione di donne pronte a ricevere il suo amore. Deve soltanto tenere duro, Gioacchino Listeddu, la gioia è in arrivo.

«Sai, Carla, visto che con 'sta storia della registrazione mi togli un peso, voglio ricambiare.»

«Mi racconti il sogno?»

«E basta con 'sto sogno, è una mania! No, no, è una cosa diversa, è una cosa di lavoro.»

Carla Telesca sgrana gli occhi e apre leggermente la bocca.

«Che è 'sta faccia? Siamo colleghi o no?»

«Sì, sì, Gioacchino, è che è raro che tu abbia da dire qualcosa sul nostro lavoro.»

«Eh, si dà il caso che stavolta una cosa da dire ce l'ho, ed è pure bella grossa. Guarda un po'.»

«C'entra col caso di omicidio?»

«E certo.»

Detto ciò Listeddu si ammutolisce e resta con gli occhi fissi sulla strada. Carla Telesca lo fissa, visibilmente in attesa. Ma dato che lui continua a non dire nulla, gli sferra un pizzicotto micidiale sulla spalla.

«Ahi! E che cazzo, Carla» urla Listeddu. «Che ho fatto?»

«Ma come, che hai fatto? Mi dici che hai qualcosa sul caso e poi stai zitto. Ti pare normale?»

«Volevo creare un po' di atmosfera, di suspense» dice Listeddu massaggiandosi la spalla. «Per una volta che una cosa importante la so io, scusa se mi do un tono.»

«Ma adesso che la suspense c'è stata, e che c'è stata anche un po' di azione, me lo dici che hai scoperto sul caso?»

«Ho scoperto che io la ragazza, la vittima, io so chi è.»

«Cosa?! E me lo dici solo adesso?»

«Non ero sicuro, prima. Per quello ho fatto un casino con la registrazione, perché stavo cercando delle vecchie chat, su un'applicazione, per vedere se era davvero lei, la ragazza. E a me pare proprio di sì.»

«Fammi vedere.»

«Cosa?»

«Le chat.»

«No, no, sono private.»

«L'hai conosciuta su Tinder?»

«Tinder, io? Ahahah, ma vedi te che vai a pensare…»

«Sì o no?»

«Sì.»

«Come si faceva chiamare su Tinder?»

«Polly.»

«E vi siete mai incontrati di persona?»

«No.»

«Come mai?»

«Ma, sai, un po' gli impegni, un po' gli orari incompatibili…»

«Di sicuro hai usato l'immagine di un altro come foto profilo, di un modello, però nella bio hai scritto il tuo vero nome e cognome, lei è andata a vedere su Facebook e ha scoperto tutto.»

«Magari è andata proprio così, magari sì, magari no. Però poco importa, perché prima, quando ancora rispondeva ai miei messaggi, mi ha detto dove lavorava. Dove faceva la vendemmia.»

«Gioacchino, ma questa è una notizia bomba! Te ne rendi conto?»

Gioacchino Listeddu in verità pensa come questa sia la prima volta che un suo fiasco sessuale o sentimentale renda così felice una persona che non sia sua madre. Sua madre che da sempre e per sempre lo ha immaginato parroco: illibato, ceruleo, rispettatissimo dalle comari del paese.

«Ai Poderi Einaudi. L'ha fatta lì la vendemmia» dice Listeddu.

«Non fossi sudato come un rospo ti bacerei, Gioacchino.»

Oggi è la giornata delle prime volte, pensa Listeddu. Perché questa è la prima volta che la sua sudorazione eccessiva, incubo e inferno privato sin dalla pubertà, gli fa un regalo. Essere vergine è una condizione che Gioacchino Listeddu può anche accettare. Ma il bacio da Carla Telesca no, quello è troppo.

9

Poderi Einaudi, Dogliani, Piemonte

I Poderi Einaudi sono formati da una serie di costruzioni situate sulla sommità di una collina da cui si gode della vista del paese di Dogliani. Imponenti ma ben amalgamati nel paesaggio, eleganti senza risultare pretenziosi, gli edifici che formano i Poderi al Pinguino hanno sempre fatto pensare a un animale sdraiato placidamente sul dorso della collina. Un animale che potrebbe essere un gatto, un gatto attento e pigro al tempo stesso, non fosse per via delle vigne che occupano l'intero paesaggio circostante e i cui filari, nel loro insieme, fanno invece pensare agli aculei di un cucciolo di riccio, un cucciolo che non prova paura e si gode il sole in santa pace.

E oggi il sole c'è, in effetti, ma ha un'aria affaccendata. Compare e scompare in continuazione, con il vento che gli getta addosso nubi senza sosta, per poi subito allontanarle e sostituirle con altre nuvole, nuvole nuove. Al Pinguino questa condizione meteorologica fa pensare ai venditori di stoffe nei mercati del Nord

Africa, con i tessuti che si avvicendano vorticosamente sul bancone pur di colpire il compratore distratto.

Ma quello distratto, al momento, è proprio lui, il Pinguino. Anzi, impegnato più che distratto. Se già per il Pinguino risulta impossibile parlare al telefono senza camminare avanti e indietro, perché parlare al telefono lo rende nervoso, adesso che si ritrova costretto a scusarsi con la PM a cui ha appena dato buca, il suo moto perpetuo raggiunge l'intensità di norma concessa in via esclusiva alle bestie in gabbia e ai pazienti più nervosi degli istituti psichiatrici. Se a questo moto senza pace aggiungiamo la sua corporatura da Obelix e le braccia troppo corte, il suo vice, Raviola, deve sforzarsi non poco per evitare di sghignazzare.

La dottoressa Olga Rama, la PM che il Pinguino avrebbe dovuto incontrare in questo preciso istante se non avesse ricevuto la telefonata in cui Telesca lo aggiornava sull'identità della ragazza uccisa, è una donna affascinante e crudele che il commissario teme e ammira in ugual misura. Non è un caso se, invece di sgridarlo per il tempo che le sta facendo perdere, la PM Rama gli stia raccontando del martirio subìto nel 1570 da Marcantonio Bragadin per mano delle truppe ottomane guidate da Lala Kara Mustafa Pascià.

«Al Bragadin tagliarono naso e orecchie, commissario, e quindi lo lasciarono marcire dodici giorni dentro una gabbia sotto il sole cocente di Cipro, poi lo frustarono cento volte e lo fecero marciare per le strade di Famagosta affinché ricevesse pietrate e insulti. Soltanto allora il boia, misericordioso a modo suo, lo scorticò da vivo.»

«Dottoressa, mezz'ora, un'ora al massimo e sono da lei, glielo prometto.»

«Commissario, io non la sto minacciando per farla sentire in colpa, non è il ritardo che mi preoccupa.»

«Ah no?»

«Nemmeno per niente. Le ricordo la varietà dei metodi di tortura soltanto per persuaderla a non fare casini ai Poderi Einaudi.»

«Lungi da me, dottoressa.»

«Non dica così.»

«Si fidi.»

«Appellandosi alla fiducia non fa altro che peggiorare la mia condizione nervosa. Lo sa lei quanto mi costa di valeriana?»

Il Pinguino evita di farle notare che lui, preferendo il vino, il vino buono, spende sicuramente di più per sopportare il mondo intero.

«Glielo prometto, dottoressa Rama, sarò discreto come un maggiordomo.»

«Ma come, il maggiordomo! Lo sanno tutti che il maggiordomo è sempre l'assassino.»

«Allora come un guanto, dottoressa, docile e confortevole come un guanto su misura.»

«Lei è tutto tranne che docile e discreto, commissario.» La PM resta in linea, e il Pinguino la immagina intenta a cercare le parole giuste, come una persona poco mondana davanti a un armadio aperto a poche ore da una cerimonia ufficiale. «Senta, ne abbiamo già discusso, lei sa bene che io la giudico positivamente per quello che ha fatto in Liguria, per come si è comportato. Ma in molti non la pensano così. Ha più nemici che amici.»

«Ho denunciato due colleghi, dottoressa, questo fa di me un infame agli occhi di molti. Su certe cose, mafiosi e militari la vedono allo stesso modo.»

«Non dica così, lei ha fatto la cosa giusta, quei due che ha denunciato facevano soldi promettendo a dei disperati di passare illegalmente la frontiera con la Francia.»

«Lo facevano da anni. Io lo sapevo, e non li avevo mai denunciati.»

«Cosa le ha fatto cambiare idea?»

«Hanno abbandonato un gruppo di ragazzini di notte, su un sentiero pericoloso e senza torcia. Una ragazzina è morta precipitando sulle rocce. Quando l'ho scoperto, ho sentito il bisogno di ammazzarli, ma non avevo voglia di andare in galera. E così li ho denunciati, per viltà, quindi, e per desiderio di vendetta.»

«E adesso eccola tra noi.»

«Con una promozione che valeva come un "togliti dalle palle", e adesso un bel caso di omicidio.»

«Mi faccia un favore, non dia a quella gente la scusa per regalargliene un'altra, di promozione. Perché l'Italia è lunga, commissario, e di posti brutti e pericolosi ce ne sono. E poi io preferirei di gran lunga trattenerla qui.»

vitale
arsenale
nome e cognome
ansia da prestazione

Se la PM Rama, dopo aver terminato la telefonata con il commissario, si fosse messa al volante in direzione dei Poderi Einaudi, mezz'ora dopo si sarebbe trovata davanti a una scena in grado di infliggere il colpo di grazia ai suoi già fragili nervi: infatti nemmeno una tonnellata di valeriana l'avrebbe potuta salvare dalla visione del Pinguino, il maggiordomo, il guanto su misura, avvinghiato a un energumeno di pari stazza nel mezzo della cantina immacolata in cui spiccano i silos di cemento bianco per la maturazione del vino. Per di più sotto lo sguardo attento del padrone di casa, e con Raviola, il vice, che, invece di soccorrere il suo diretto superiore, si limita a osservare la scena sorridendo senza muovere un dito.

Se si fosse trovata davanti a una scena del genere, prima di svenire per l'imbarazzo, la PM Rama avrebbe sicuramente tentato di rivolgersi al titolare, avrebbe balbettato qualcosa, delle scuse, e altrettanto sicuramente non sarebbe stata in grado di comprendere il motivo per cui lui, il direttore dei Poderi Einaudi, erede del fondatore, un bell'uomo vestito in modo sportivo ed elegante, invece di mostrarsi inorridito e offeso da quella lotta barbarica, le avrebbe rivolto un sorriso complice e soddisfatto.

Meglio, molto meglio per la PM Rama e per i suoi fragili nervi essere rimasta in ufficio a sbrigare noiose ma rassicuranti procedure burocratiche, perché la lotta inusuale e intensa tra il Pinguino e Jakub Urban, questo il nome dell'energumeno, lotta che a lei sarebbe apparsa come una tragedia altamente disonorevole, in realtà arriva a sancire il coronamento stesso della missione dei suoi agenti di polizia.

Prima di dedicarsi a questa zuffa simile a una lotta greco-romana da ubriaconi, il Pinguino è infatti riuscito a ottenere informazioni preziosissime riguardo alla vittima. Ha scoperto che si chiamava Polly Levi, e che era nata nel 1983, a Sidcup, un sobborgo del Sud di Londra. Polly viveva in Italia da un paio d'anni, forse tre, e da allora si era sempre mantenuta grazie a impieghi stagionali, lavorando d'estate in uno stabilimento balneare in Liguria, e d'inverno in un resort sciistico della Valle d'Aosta. A queste due occupazioni aggiungeva la vendemmia in autunno e la raccolta di fragole o pesche in primavera. Fedele al suo calendario nomade, Polly alloggiava di norma in un furgone camperizzato, che lei stessa aveva dipinto di un grigio brillante, tendente all'argento.

A detta di tutti era un po' matta e molto simpatica, perennemente in ritardo, generosa, dotata di humour e con parecchi vizi. «Una a cui piaceva fare festa», così l'ha definita Jakub Urban prima di avvinghiarsi al Pinguino. «Una a cui piaceva così tanto fare la festa che la faceva tranquillamente anche da sola.» Tutti i presenti hanno escluso categoricamente che Polly abbia potuto decidere di togliersi la vita, o che possa essersi lasciata uccidere volontariamente. Se aveva un problema, Polly, era il problema opposto: un gigantesco, quasi eccessivo attaccamento alla vita. Aveva bisogno di dormire ogni notte sotto un cielo nuovo, per questo motivo viveva in furgone e lo spostava di continuo. Dimenticava sempre qualcosa proprio perché tutto della vita sembrava interessarla, non sapeva dire di no, era curiosa di qualsiasi cosa, non era mai sazia, sempre pronta a lanciarsi, mai impaurita. Bisessuale, vegana e carnivora, sportiva e sballona, amante della natura e delle metropoli, nell'ultimo periodo era persino più eccitata del solito. Infatti nel giro di dieci giorni sarebbe partita alla volta di Bali, e quel mese e mezzo di viaggio, surf e spiagge lei lo sognava da tempo, erano anni che metteva i soldi da parte.

Decisamente non l'identikit di una suicida. Su questo punto il Pinguino era d'accordo con i lavoratori dei Poderi Einaudi, ma una parte di lui, la parte più taciturna e decisiva, era altrettanto consapevole di come, per occultare i dolori più insanabili, non ci sia diversivo più efficace della gioia. È sempre vicino alla luce più intensa che le ombre scavano il loro regno profondo.

Un dettaglio che ha da subito attirato l'attenzione del Pinguino è dato dall'unica anomalia riscontrata dai colleghi di Polly nelle ultime settimane: in più di un'occasione la donna britannica aveva rifiutato l'invito a unirsi a loro per i brindisi di fine lavoro. Quando di norma la parte difficile era impedirle di stappare bottiglie, non certo di convincerla a berne un paio. Ma Polly disse che era in un periodo di detox, perché prima della partenza avrebbe fatto un qualcosa di non meglio definito che l'avrebbe aiutata poi nel viaggio. Questo qualcosa di non meglio definito, all'orecchio del Pinguino, è suonato un po' come una specie di rito o rituale.

«Pensi che per partecipare a 'sta roba si era perfino fatta fare un tatuaggio, dei chicchi di melagrana, mi pare, che senza mica l'avrebbero accettata. Insomma, una fricchettonata assurda, una fricchettonata delle sue» avevano stabilito i compagni di vendemmia senza darci troppo peso. Purtroppo. Perché dando poca importanza a "quella fricchettonata" che con buone probabilità l'aveva uccisa, nessuno di loro conosceva il nome, o i nomi degli altri partecipanti. A parte quello di un certo Adri Bakker, descritto come una specie di trasportatore di pianoforti più taciturno di un'orata. Forse anche lui c'entrava qualcosa con il rituale, forse no, magari Polly ci andava soltanto a letto.

Il Pinguino si era comunque segnato il suo nome, e aveva trascritto i luoghi in cui Polly era solita parcheggiare il suo furgone argentato, più una lista di persone con cui usciva in quel periodo preciso. Arrivato a quel punto gli sembrava doveroso liberare i Poderi Einaudi dalla sua presenza e da quella di Raviola – Gilda gildina li aspettava in macchina – ma Jakub Urban la pensava diversamente.

«Dalle mie parti c'è una tradizione. Chi porta cattive notizie se ne prende la responsabilità.» Il Pinguino sapeva benissimo dove voleva arrivare, in più di un'occasione i due si erano ritrovati a bere assieme, e Jakub, dopo un numero di bicchieri nient'affatto trascurabile, gli aveva proposto di lottare, sostenendo che non è facile trovare persona "della giusta stazza". Il Pinguino ha sempre rifiutato. Primo, non ama lottare. Secondo, soffre di mal di schiena. E terzo, ma questa motivazione ha preferito tenerla per sé, la consapevolezza di non aver stretto un corpo femminile per così tanto tempo gli rendeva l'ipotetico abbraccio di Jakub ancora più doloroso e repellente. Queste ragioni oggi come oggi sono più valide che mai. La schiena infatti gli fa un male porco e la visione del corpo senza vita di Polly gli ha messo addosso uno schifo per l'umanità intera, compresi i centoventi chilogrammi di Jakub Urban. Ma alle insistenze di Jakub si sono prontamente unite quelle dei suoi colleghi, e infine anche quelle del direttore dei Poderi Einaudi. E a quel punto l'eco della voce della PM Rama si è fatta strada, "tagliarono naso e orecchie", "scorticato vivo". Pur di risultare docile come un guanto su misura, il Pinguino allora si è prestato a questa buffonata che non accenna a finire.

Va detto che, come tutte le persone che amano dichiararsi poco competitive, in verità, il Pinguino è estremamente competitivo. Al punto da preferire la mancata competizione alla sconfitta, perché il fastidio del dover dissimulare il dolore per la sconfitta rende il dolore stesso ancora più acuto. E specialmente se a batterlo è un avversario come Jakub, con tutta evidenza convinto di essergli superiore. La scelta per il ring è stata presa dal direttore dei Poderi in persona. I silos in cemento somigliano a navicelle spaziali oppure a uova aliene, e le loro linee essenziali e pulite, amplificate dal bianco intenso che le caratterizza, rendono i due combattenti ancora più sgraziati e barbarici. I due sono rimasti in piedi giusto il tempo di mettersi le mani attorno alle spalle, subito dopo il loro peso e la forza di gravità li hanno persuasi a continuare la lotta per terra. Il Pinguino è insolitamente agile per un uomo della sua stazza, ma Jakub è più forte, e nonostante le continue torsioni del commissario, l'esito dello scontro sembra già segnato. Non fosse per l'intervento inaspettato di Gilda gildina, che in qualche modo è riuscita a sbucare fuori dal finestrino mezzo aperto e che adesso, a differenza di Raviola, i denti non li usa per sorridere ma per azzannare il gluteo di Urban. A questo punto il Pinguino ne approfitta per torcergli il braccio con forza dietro la schiena e immobilizzarlo con il suo peso. A poco valgono le rimostranze di Jakub, il pubblico ha amato l'intervento della bassotta al punto da non curarsi della scorrettezza. «Prendila come un omaggio al wrestling» si è congedato il Pinguino, trattenendo a stento una Gilda gildina rimasta inferocita e vogliosa di assaggiare ancora un pezzo dell'energumeno slavo.

10

Piccola città antica, Piemonte

Il mare è lontano da questo ampio salone di marmo policromo, eppure quel rumore di corde che si tendono a intervalli irregolari, tipico dei porticcioli nelle giornate ventose, riecheggia anche qui. Le alte finestre sono protette da spessi tendaggi, color malva per chi li osserva dal giardino, e rosso vermiglio per chi è all'interno del salone.

Il Notaio ha appena terminato di tritare dell'aglio. La cucina si trova al centro della sala, che per il resto è stata lasciata volutamente spoglia, di modo che gli splendidi marmi non trovino ostacoli nell'assorbire e produrre luce. All'uomo inginocchiato davanti alla cucina viene improvvisamente tolta la benda dagli occhi e, dopo tanto buio, questo tripudio di marmi pregiati lo acceca. L'uomo ferito e impaurito si ritrova ospite di un mondo di madreperla, un mondo dominato da regole ferree che lui, inavvertitamente, infrange. Se c'è una cosa che il Notaio detesta è proprio di essere riconosciuto da chi non merita di conoscerlo già. E difatti l'uomo inginocchiato, non appena tenta di volgere lo sguardo verso la cucina riceve un violento colpo sulla testa, che lo obbliga a chinare il capo e a sprecare sangue sul pavimento immacolato. L'istante successivo la benda ritorna a obbligare gli occhi al buio.

«Mi spiace, la prego, posso...» tenta di dire l'uomo bendato, che però riceve un secondo colpo, questa volta sulla schiena.

Il Notaio osserva il burro chiarificato sfrigolare nella pentola. Avvicina lo sguardo per meglio comprenderne l'intensità. Quando gli sembra sufficiente, vi rovescia le spezie già tostate in precedenza: coriandolo, cumino, senape, fieno greco, curcuma, assafetida e peperoncino.

«Li sente? Sente come scoppiettano? I semi vanno fatti ballare» dice il Notaio con gli occhi fissi sulla pentola. «Devono muoversi in modo frenetico, come danzatori in estasi. I semi devono fare così, e lei, lei invece deve stare zitto. Non è qui per scusarsi o per spiegare alcunché. E tanto meno per guardarmi in faccia.»

Il Notaio aggiunge un trito di cipolla, zenzero e aglio alle spezie che sobbollono nel burro, quindi si accende da fumare e getta uno sguardo verso i due energumeni che in precedenza hanno trascinato l'uomo bendato sin qui. I due escono dalla stanza senza dire una parola. Prima che gli bendassero gli occhi, l'uomo bendato ricorda l'interno di una chiesetta di campagna, poi più nulla. Soltanto il buio della benda e il freddo di un corridoio sotterraneo che sembrava non finire mai.

«Sapevamo da tempo delle libertà che lei e il suo gruppetto di mancati saltimbanchi vi prendevate, di tanto in tanto. L'abbiamo saputo da subito» dice il Notaio. «Anzi, io l'ho immaginato ancor prima che voi pianificaste le vostre prime attività parallele. Mi accorsi subito di lei, il giorno stesso in cui venne ammesso nel nostro Circolo. *In primis* perché odio i raccomandati, e lei è un raccomandato. Vede, io ritengo che vi siano porte che si possono varcare soltanto se si nasce provvisti della chiave adatta, e l'unica chiave adatta è il sangue. Un tipo di sangue prezioso e raro di cui lei è sprovvisto. Ma la persona che l'ha raccomandata è una persona speciale, una di quelle che meritano eccezioni. Purtroppo, lei, oltre a possedere il sangue sbagliato, è anche gravato di un difetto molto comune di questi tempi: un'eccessiva opinione di sé. Lei si crede talentuoso, speciale perfino. E questo è un difetto grave. Perché la vanità è uno specchio deformante, capace di rendere patetiche anche le persone dotate di un qualche talento. E cosa c'è di più patetico di un uomo fatto e finito che piagnucola sul pavimento della mia cucina, quando invece dovrebbe ascoltare e imparare?»

L'uomo bendato si sforza di smetterla con i singhiozzi e il pianto, in qualche modo ci riesce, ma, nonostante il silenzio, il Notaio non dice più nulla. Gli unici rumori percepibili sono quelli delle corde che si tendono a intervalli irregolari, e quello prodotto da una lama che viene sfregata lentamente sopra un acciaino diamantato.

«Chi non ama cucinare non capirà mai niente del mondo. Ma chi pensa che la cucina abbia soltanto a che fare con il gusto o l'estetica dei piatti è messo persino peggio di chi non cucina affatto. Il gusto e l'aspetto arrivano per ultimi, e sono elementi secondari, in un certo senso meno rilevanti, come tutte le semplici conseguenze. Per prima cosa bisogna conoscere la realtà, bisogna studiarne la composizione, il modo in cui le parti si legano tra loro attraverso giunture che bisogna saper violare.»

L'uomo bendato ascolta la voce del Notaio ma si sofferma sui rumori in sottofondo, prima quello soffice della punta di una lama che si insinua dentro la carne, seguito da quello delle corde che si tendono al massimo dello sforzo e poi, improvvisamente, smettono. L'uomo bendato trattiene il fiato, trema della paura e riprende a piangere, temendo che la lama si stia avvicinando a lui, ma sbaglia. Sbaglia perché la lama è in azione ma non su di lui. C'è un altro uomo, nudo, rannicchiato in un angolo della stanza, con le mani e le caviglie legate da spesse corde scure, un uomo che fino a pochi istanti prima si è dibattuto, ha teso i muscoli e le funi sino allo spasmo, e che adesso invece giace immobile, immobile come un tappeto, convinto dalla lama del Notaio a inoltrarsi nella morte con la docilità con cui un petalo si lascerebbe risucchiare da una palude.

«Bisogna conoscere le diverse consistenze» continua il Notaio. «Consistenze diverse che bisogna saper trattare, ognuna con un approccio adeguato. Voi invece, voi, convinti che le Langhe fossero una sorta di parco giochi a vostra disposizione, avete deciso di godervi il gusto senza preoccuparvi della preparazione. Convinti di conoscere luoghi e persone, convinti di poterli dominare senza sforzo vi siete sentiti autorizzati a dedicarvi al piacere sciocco tipico dei ragazzini, il piacere di chi non tiene in considerazione le conseguenze. E invece, le conseguenze» il Notaio all'improvviso è accanto all'uomo bendato e pulisce i dorsi della lama sulle sue guance, «le conseguenze ci sono sempre. Non esistono figli di genitori ignoti in queste faccende, mio sciocco amico, le azioni si portano dietro il nome di chi le ha compiute e, quando ci sono in ballo delle morti, il prezzo da pagare è il più alto. Lei mi saprebbe nominare la caratteristica principale del curry?» riprende a parlare il Notaio dopo essere tornato dietro i fornelli. «In molti, se non tutti, citerebbero immediatamente le spezie, la sua piccantezza, oppure la sua natura semplice e popolare. Io propendo per quest'ultima descrizione, ma aggiungerei un ulteriore dettaglio: il curry è misericordioso. Nasce con l'obiettivo di nobilitare materie prime di qualità altalenante, si preoccupa di celare i difetti, la mancanza di freschezza o di gusto. Le spezie e il peperoncino sanificano e impongono ordine dove altrimenti regnerebbe il caos. Ma affinché tutto proceda per il verso giusto, è fondamentale che tutti gli elementi in campo risultino uniti tra loro, disporre di un elemento in grado di tenerli legati.» Il Notaio versa nella pentola un barattolo di latte di cocco. «Adesso però, la prego, la smetta di piangere. Se lei è vivo, se lei è ancora vivo, significa che tale resterà anche dopo questo mio discorso. Per chi diavolo mi ha preso? Per uno di quegli assurdi personaggi che, invece di uccidere Batman sul posto, lo posizionavano all'interno di elaboratissimi patiboli da cui poi, immancabilmente, l'uomo pipistrello riusciva a sfuggire? No, no, nessun patibolo, per ora. Ma non faccia l'errore di credersi salvo. La salvezza dovrà meritarla. E per riuscirci non dovrà fare altri danni, non dovrà più prendere nessuna iniziativa. Mi ha capito bene?»

«Le assicuro che io e Corrado...» L'uomo bendato torna a parlare, ma è una pessima idea, perché il Notaio lo interrompe gettandogli addosso del curry ustionante.

«Se non ha ancora capito che il suo amico Corrado non potrà aiutarla, lei è ben più stupido di quanto io avessi ipotizzato. Vi abbiamo visti andare in giro con l'andatura da padroni del mondo, con i vostri cappelli enormi, e le vostre sciarpe, sembravate l'incrocio tra due tenori e due bravi di don Rodrigo. Quello secondo voi è il modo di non dare nell'occhio?» Il Notaio affetta pezzi di carne sopra un ripiano di marmo nero. «Lei non è padrone di nulla, lei qui è un ospite, e come tale dovrebbe imparare a comportarsi. Già in passato le avevo ordinato di pianificare sempre le sue azioni con chi le ha donato una posizione che lei, piuttosto chiaramente, non merita. Anche Corrado era stato avvisato. Ma l'unico frutto che cresce nella vigna degli stupidi è la mancanza di riconoscenza. E la sprovvedutezza. Lei, lei e il suo amico Corrado, pensavate davvero di poter fare una cosa del genere senza pagarne le conseguenze?»

L'uomo bendato piagnucola e trema, si sfiora il collo ustionato dal curry e avverte il freddo del marmo sin dentro le ossa, ma è il terrore a farlo tremare. Il terrore e l'odore nauseante che ha avvolto l'intera stanza, più forte di quello delle spezie: un sapore di sangue e urina, e feci.

«Ma come?» domanda il Notaio. «Parla quando dovrebbe stare zitto e tace quando le faccio una domanda?»

«Le assicuro che noi potremo...»

«Zitto, zitto. Già il fatto che lei si ostini a dire "noi", non fa che confermarmi la sua stupidità e la sua sprovvedutezza. Lei e i suoi cosiddetti amici avete trascorso troppo tempo in un mondo illusorio, e in troppe occasioni avete storpiato i nostri rituali, mortificandoli, fraintendendoli, facendoli diventare una versione appena meno sciatta di quelle orge che avreste potuto trovare in uno qualsiasi dei locali per scambisti del basso Piemonte. E in troppe occasioni le donne coinvolte nelle vostre buffonate da megalomani hanno finito col perdere la vita. E non per via di un rituale specifico, non per la ricerca della conoscenza, bensì per ingordigia e incapacità: come i cani che mangiano fino a vomitare e poi, se non allontanati con la forza, rimangiano ancora. Ma almeno, per limitare i danni, avevate sempre fatto in modo che i cadaveri non venissero ritrovati. E invece in questa occasione vi siete permessi di usare il cadavere di quella ragazza inglese come fosse una missiva. Ma farei meglio a dire che *lei* si è permesso di utilizzare il cadavere, perché è stata una sua idea, dico bene?»

L'uomo incappucciato piagnucola e risponde di sì.

«Dimostrandosi due volte, anzi, tre volte imperdonabile. Stupido, arrogante e smemorato. E se la stupidità è con tutta evidenza una sua caratteristica fondante, l'arroganza e la smemoratezza sono invece due colpe persino più gravi. Sì, perché lei aveva già ipotizzato uno scenario di questo tipo, ricorda? Trema o annuisce? Annuisce? Bene. E allora, se ricorda di averlo fatto, dovrebbe anche ricordare la nostra reazione dell'epoca. Non fummo forse chiari al riguardo? Non le facemmo notare che anche le farneticazioni, che anche le più sciocche invenzioni lasciano tracce, e che le tracce sono un pericolo? Lei si disse dispiaciuto, all'epoca, chiese pietà. E noi gliela concedemmo. Sbagliando. Perché dei cani non ci si può fidare, ci si dovrebbe fidare soltanto dell'addestramento che si è loro impartito, e quando l'addestramento fallisce, il cane deve essere abbattuto. Specialmente un cane stupido come lei. Ma lei, oltre a essere un cane stupido e arrogante, è anche un cane fortunato, e difatti, per ora, l'unico a pagare per i vostri errori è stato il suo amico, Corrado. Lei invece, pur non meritandolo, ha a disposizione un'ultima possibilità. Ma glielo ribadisco, la salvezza dovrà meritarsela. Come tutti i pupazzi, anche lei è appeso a un filo, e il suo di filo, si assottiglia di minuto in minuto.»

«Io le prometto che farò qualsiasi cosa per rimediare ai miei errori.»

«Non ne dubito, mio giovane e stolto amico, non ne dubito affatto» dice il Notaio avvicinandosi all'uomo bendato con una scodella di curry fumante in cui il biancore speziato del latte di cocco si è fatto rosso sangue, dopo che il Notaio vi ha introdotto i pezzi di carne tagliati grossolanamente. «Proprio per questo motivo ho scelto una ricetta simile, così abile nell'occultare la natura delle materie prime. Perché, come le ho spiegato, il curry è un cibo misericordioso, ci consente persino di cibarci di ciò che normalmente rifiuteremmo di mangiare. Come la carne umana. Ma ora apra la bocca, è tempo di iniziare, è tempo di rimediare.»

A questo punto i due energumeni ritornano nella stanza per prelevare il cadavere di Corrado Ciano, a cui il Notaio aveva prima tagliato la gola, e quindi reciso una guancia.

«Questo è il corpo di un povero idiota» dice il Notaio imboccando l'uomo bendato, «dato in sacrificio per dei peccati idioti.»

11

Caserma di Mondovì, Piemonte

Al Pinguino Mondovì piace. Questo modo di svilupparsi su più piani, con una buona dose di salite e discese, lo riportano un po' alla sua Liguria. Con la differenza che qui c'è più spazio, il paesaggio può respirare e i suoi polmoni si spalancano più facilmente. Mentre in Liguria è tutta una frenesia di contrazioni, muretti su muretti, svolte, strapiombi, e poi, di colpo, il mare: la meravigliosa e definitiva apertura imposta dal mare, come una slogatura dello sguardo impossibile da ricomporre.

Al Pinguino piace il mercato di Mondovì, con le ragazze che vendono il miele e le ortiche, gli piacciono le bancarelle piene di oggetti per la campagna e le bancarelle con le verdure e i formaggi, con le uova da bere, e gli piacciono i macellai esperti, le bariste che si intendono di vino, persino la funivia gli piace, quella specie di ferrovia a cremagliera che conduce alla parte alta della città, perché il tragitto è corto, e il suo pessimo rapporto con le vertigini non fa in tempo a brutalizzarlo.

Però, la caserma della polizia di Mondovì non è dentro a Mondovì. È situata vicino a uno dei luoghi che il Pinguino odia e teme di più al mondo: un outlet. Se già i centri commerciali lo incupiscono e lo indispongono, perché secondo lui sono in tutto e per tutto dei campi di concentramento camuffati da negozi, con le stesse file interminabili, le stesse voci dagli altoparlanti e la stessa calca di esseri umani pigiati ma privi di interazioni con chiunque che non sia parte del servizio di sicurezza, gli outlet a queste caratteristiche infernali aggiungono la loro pretesa di somigliare a borghi antichi, a villaggi dei bei tempi andati. E se questa truffa posticcia il Pinguino la può più o meno capire in Arizona o in Arkansas, qui, dove i borghi esistono davvero, il fatto che la gente si faccia trattare in questo modo da stronzi lui non riesce proprio ad accettarlo. Però è giunto alla conclusione che anche questa vicinanza tra la caserma e l'outlet faccia parte della sua punizione. Non soltanto lo hanno trasferito lontano dal suo mare, fingendo di premiarlo con una promozione di cui lui avrebbe fatto volentieri a meno, ma per di più lo hanno mandato in una zona in cui la polizia è praticamente invisibile. Come in quasi tutte le zone meno urbane d'Italia, i carabinieri infatti rappresentano l'assoluta maggioranza. La norma. Lui e i suoi sono una minoranza totalmente trascurabile e odiata, di cui si parla soltanto a causa delle patenti ritirate per guida in stato di ebbrezza. Se non fosse stato per la Fiera del Tartufo che si svolge ad Alba, e che oggi vede il presidente della Repubblica come ospite d'onore, il caso di omicidio non sarebbe mai spettato a lui e ai suoi uomini. Ma visto che tutti i carabinieri sono stati inviati dal presidente, eccolo qui, il Pinguino. Non soltanto con un caso di omicidio tra le mani, ma anche con Rose Bellamy che lo aspetta nel suo ufficio. Il Pinguino avverte la chiara sensazione che se lui non fosse presente, Raviola seguirebbe l'esempio di Gilda gildina e correrebbe a leccare le caviglie della ragazza britannica.

Il commissario non si aspettava che la futura signora Blom sarebbe stata così rapida nel rispondere alla sua convocazione, e nemmeno che si sarebbe vestita in modo simile: se prima l'aveva trovata bella ma tutto sommato normale nella sua enorme tuta da ginnastica, adesso, con un tubino di lana rosa cortissimo e aderentissimo che mette in risalto le lunghe gambe fasciate da calze autoreggenti color malva, il fisico di Rose Bellamy è così bello da mettere in imbarazzo. Specialmente per uno come il Pinguino, che con la bellezza ha un pessimo rapporto: convinto sin dall'adolescenza di essere un uomo irrimediabilmente brutto, e quindi considerando la bellezza un affare che non lo riguarda, ha finito da tempo per considerarla più una scocciatura che una gioia per gli occhi. Le gioie degli occhi vanno bene giusto per chi prima o dopo se le concede in altro modo, per quelli come il Pinguino rappresentano invece una tortura, come chiedere a una persona rimasta troppo a lungo a digiuno di gioire per la visione di una vetrina stracolma di prelibatezze che le resteranno precluse.

«Vada pure, Raviola» dice il Pinguino al suo vice, che preferirebbe farsi sparare in un polso piuttosto che smettere di squadrare Rose Bellamy, ma che al secondo «Raviola, vada» non può disubbidire.

L'ufficio del Pinguino è al tempo stesso talmente spoglio e talmente affollato di libri, fascicoli e carte da somigliare a un archivio abbandonato in fretta e furia. Nessuna fotografia, nessun calendario. Mensole e carte, mensole e libri, mensole e fascicoli. La lunga finestra rettangolare dà su uno spiazzo alberato, e tra le fronde degli alberi si intravedono i lineamenti dell'odiato outlet.

«Signora Bellamy, grazie per essere stata così rapida nel rispondere alla mia convocazione.» Il Pinguino fa segno alla ragazza di accomodarsi. «Posso offrirle qualcosa, un caffè?»

«No, grazie, commissario, il caffè è un veleno, lo sapeva?»

«No, ma avrei dovuto sospettarlo.»

«E perché?» domanda Rose divertita.

«Perché trattandosi dell'unica bevanda alla portata di chiunque, in Italia, avrei dovuto immaginare che dietro ci fosse una fregatura.»

«I poliziotti di solito li immagino più patriottici, commissario.»

«Il miglior modo per proteggere qualcosa, signora Bellamy, è dipingerlo con i colori dello scherno.»

«E come mai parla così bene l'inglese?»

«Grazie a un amore infelice, un amore non corrisposto, e quindi più elaborato ed esigente di quelli felici, e poi per via di una certa passione per la letteratura inglese.»

«A me leggere non piace molto.»

«Ormai a quasi nessuno piace leggere, è diventato un vizio un po' anacronistico, quasi come fumare la pipa.» Il Pinguino apre leggermente la finestra e mostra la propria pipa a Rose. «Le spiace?»

«No, no, odio l'odore della sigaretta e del sigaro, ma quello della pipa mi piace, mi ricorda mio nonno.» Rose si china per dare una carezza a Gilda gildina. «Che bella la sua bassotta, commissario, è proprio vero che i cani somigliano ai loro proprietari.»

«In verità Gilda era la cagnetta di un'altra persona, una persona che poi non ha più potuto tenerla.»

«Che brutta cosa, i cani non andrebbero mai abbandonati.»

Nessuno merita di essere abbandonato, pensa il Pinguino, nemmeno i vizi. Poi pensa ad Ava, a quanto era felice quando lui le regalò Gilda gildina. E avverte una fitta, ghiacciata, nel centro della spina dorsale. Meglio cambiare argomento.

«Rose, da quanto tempo conosce il signor Blom?»

«Vediamo...» Mentre riflette, Rose solleva leggermente lo sguardo, o meglio, le lunghe sopracciglia, e apre un poco le labbra. «Ci hanno presentati degli amici comuni più o meno due anni fa. Ma devo dire che inizialmente avevo trovato Rufus del tutto insignificante. Poi, certo, ho scoperto che era ricchissimo e ho cambiato idea.» Le labbra si spalancano in una splendida risata. «Scherzo, commissario, scherzo. Mi perdoni, tutta questa storia assurda e orribile... non so come reagire se non facendo battute stupide, mi scusi.»

Quando Rose Bellamy muove gli occhi, le labbra in un certo modo, un modo fintamente svagato e proprio per questo molto sensuale, è abituata a ricevere in cambio dagli uomini una sorta di lasciapassare assoluto. Il commissario invece si limita a fumare senza sorridere, né gioviale né accigliato, piuttosto la guarda come di norma si osservano i tabelloni con gli orari dei treni in partenza.

«Dicevo» riprende Rose Bellamy smettendo di sfiorarsi le labbra, «che io e Rufus ci siamo conosciuti due anni fa, e all'inizio in realtà quello non troppo interessato era lui. Era impegnato in un'altra relazione.»

«Lei conosceva la sua compagna dell'epoca?»

«Era la mia migliore amica.»

«Capisco.»

«Ma tra loro due le cose già non andavano da tempo.»

«Immagino che la sua amica l'abbia presa comunque male.»

«Malissimo. Non mi ha mai perdonata. Purtroppo. Però, glielo dico subito, sono assolutamente sicura che lei non c'entri nulla con questa storia. Con quella povera ragazza ammazzata.»

«Come fa a esserne sicura?»

«Non è il tipo.»

«Mi creda, nessuno è il tipo adatto a fare certe cose fino a quando non le fa.»

«Non Jane, lei no. E poi vive in Nuova Zelanda, è sposata, ha una figlia piccola.»

«Jane...?»

«Jane Lewis.»

«Raviola!» urla il Pinguino rivolto verso la porta con grande sorpresa di Rose. «Raviola!»

La porta si apre immediatamente ed ecco apparire Raviola, raggiante come una comparsa a cui viene offerta una battuta inaspettata.

«Già che sta là dietro a spiarci, almeno se li sta segnando i nomi?»

«No, commissario.»

«E allora lo faccia. Appunti questo nome: Jane Lewis.»

«D'accordo, commissario» Raviola chiude la porta e riprende a origliare.

«Cosa faceva dietro la porta il suo agente?» domanda Rose Bellamy.

«Credo cercasse di spiare lei dal buco della serratura.»

Rose Bellamy scoppia a ridere e poi domanda al Pinguino se lui sia sempre così.

«Così come?»

«Senza filtri, come uno che non sa dire bugie.»

«Ah no, signora Bellamy: io sono un gran bugiardo, dico quasi soltanto bugie. Solo che nel nostro mondo, se ci fa caso, le bugie spesso suonano più verosimili della verità.»

chiromante
tragedia al volante
stramonio
pochi giorni al matrimonio

«Ha già capito chi potrebbe esserci dietro a questa storia orribile?»

«Assolutamente no. E lei?»

«Io? Ma no, certo che no. E poi qui in zona non conosco quasi nessuno.»

«E perché avete scelto di sposarvi proprio qui? D'autunno poi, che, insomma, non è proprio la stagione più amichevole da queste parti.»

«Rufus non accetterebbe di sposarsi da nessun'altra parte, è molto legato alle Langhe.»

«Lei invece no, mi sembra di capire.»

«Io avrei preferito sposarmi al caldo.»

«Al caldo, certo, mi pare più che ragionevole. E come mai invece il signor Blom ci tiene tanto a sposarsi qui?»

«Ci veniva in vacanza con i genitori, da piccolo.»

«Pensavo fosse orfano.»

«Lo è diventato a dodici anni. Dopo l'incidente d'auto dei suoi genitori.»

«Dopo l'incidente è stato affidato a qualche familiare?»

«No, è finito in orfanotrofio. Mi scusi, commissario, ma non crede che questa… storiaccia, questa storia orribile abbia a che fare con cose, diciamo, con vicende più, come dire…?»

«Recenti? Sicuramente, sicuramente. Però, vede, il mio, il mio è un mestiere da somari, da bestie da soma, e a furia di portare pesi si impara che spesso i problemi più urgenti hanno origini lontane, quasi dimenticate: a spezzarci la schiena non è il peso che portiamo oggi, signora Bellamy, ma quello che abbiamo portato male, e di fretta, qualche anno prima.»

«Lei crede che Rufus sia in pericolo?»

«Temo di sì.»

«Ha un piano per proteggerci?»

«Devo trovare chi ha ucciso Polly Levi, la ragazza.»

Rose Bellamy è visibilmente sorpresa.

«Polly Levi?»

«Le dice qualcosa?»

«Mi sembra… ma forse mi sbaglio.»

Rose inizia a cercare qualcosa all'interno della borsa.

«Si senta libera, qui non facciamo altro.»

«Qualche settimana fa eravamo a fare un aperitivo a Murazzano» dice Rose continuando a cercare all'interno della borsa. «E niente, dal nulla era apparso un tizio, mi pare olandese, che aveva fatto una scenata senza senso a Rufus. Non sembrava ubriaco, però delirava, accusava Rufus di aver fatto i soldi coi nazisti, che la sua fortuna era sporca di sangue. Per fortuna era intervenuta una ragazza, e l'aveva trascinato via.»

Due svastiche, una fuori e una dentro il corpo della vittima, soldi fatti coi nazisti, troppo Novecento per il 2023, riflette il Pinguino.

«E lei crede che la ragazza fosse Polly?»

«Non lo credo, commissario. Io ne sono certa.»

Rose Bellamy finalmente estrae fuori dalla borsa ciò che stava cercando: un documento d'identità inglese.

«Questo era uscito fuori dalla tasca della ragazza, l'abbiamo trovato quando lei era già andata via» dice Rose porgendo il documento al Pinguino, che già dalla prima occhiata riconosce subito il volto di Polly. Vederla sorridente gli fa sembrare il gusto della pipa più amaro del solito, e le budella gli si ritorcono nello stomaco come vermi estratti dalla terra a colpi di zappa.

«Mi descriva il tizio che ha fatto la scenata, Rose. Per proteggervi abbiamo bisogno di un nemico, e con un po' di fortuna l'abbiamo appena trovato.»

maiale
tema astrale
lacerto
campo di concentramento

12

Appezzamento boschivo, Alta Langa, Piemonte

«Ma certo, commissario, certo. Glielo concedo, questo non è proprio il momento migliore per fare conversazione. Però, quanto ci vorrà mai a rispondermi? Mezzo secondo, commissario, meno, mezzo fiato. Io voglio sapere soltanto se Rose aveva o non aveva un profumo come di radici, come di acini d'uva. Tutto qua.» Raviola sussurra vicino all'orecchio del commissario impugnando la propria pistola con entrambe le mani. «Ce l'aveva, commissario?»

Uomo fortunato, Raviola, infatti il Pinguino è troppo preso dal restare attaccato alla postazione in cui si trova per odiarlo con l'intensità che meriterebbe. Se non avesse paura di cadere giù dalla collinetta coperta di muschio su cui si trovano entrambi abbarbicati, gli rifilerebbe volentieri uno schiaffo. Ma il Pinguino non è fuori forma, è la rappresentazione assoluta del fuori forma. E se a questo appostamento perfetto per sprigionare tutto il suo terrore per le vertigini aggiungiamo la camminata di mezz'ora nel bosco che i due hanno appena dovuto affrontare, il commissario è consapevole di possedere giusto le energie per bestemmiare sotto voce e per aspettare. Per di più, mentre camminavano ansimando, a entrambi è parso di udire l'eco di uno sparo, e se è vero che da queste parti i cacciatori non mancano, è altrettanto vero che di norma, prima e dopo lo sparo di un cacciatore, dovrebbe riecheggiare il latrato dei cani.

E invece nulla.

Più in basso rispetto ai due poliziotti, parcheggiato alla fine di un sentiero sterrato, c'è il furgone grigio argento di Polly Levi. E a giudicare dal vapore acqueo che offusca i vetri, al suo interno c'è qualcuno. Il Pinguino non è pienamente convinto che l'esagitato che ha aggredito Rufus Blom a Murazzano dandogli del nazista sia il colpevole dell'omicidio di Polly Levi, ma è quasi certo che all'interno del furgone ci sia lui, lo stesso esagitato che proprio Polly Levi ha trascinato via a fatica. È stata Telesca a dargli la giusta imbeccata circa il luogo in cui trovare il furgone. Era stato visto da un tartufaio della zona, un trifolaio, come li chiamano da queste parti. Giustamente Telesca avrebbe sperato di unirsi a loro, ma soltanto l'idea di portare quel disastro di Listeddu in un contesto così delicato aveva fatto venire al Pinguino un accenno di colica. Meglio evitare rischi inutili. Specialmente quando si ha a che fare con un perfetto sconosciuto che, a detta di Rose Bellamy, "somiglia a un incrocio tra un hooligan e un sollevatore di pianoforti". Per fortuna Raviola è armato ed è anche bravo a sparare. Il Pinguino invece la sua pistola d'ordinanza non la porta mai con sé, è convinto che se uno gira armato è più facile che la vita gli faccia trovare situazioni in cui sarà costretto a sparare. L'unica arma che il Pinguino si concede è un vecchissimo tirapugni in ottone. Non molto utile in casi come quello con cui è impegnato al momento.

«Ha sentito?» domanda il Pinguino indicando la parte non visibile del furgone, quella che dà sul lato opposto del bosco di castagni. «Qualcuno ha aperto la porta.»

«Aspettiamo che faccia il giro» dice Raviola, che nei momenti di tensione sembra più felice del solito. «E poi me ne occupo io.»

Il Pinguino lo fissa preoccupato.

Raviola, avendo da sempre difficoltà a fare l'occhiolino, pur di riuscirci finisce per deformarsi metà volto, convinto in questo modo di rassicurare il Pinguino. Che però, naturalmente, non si sente affatto rassicurato e si limita a bestemmiare sottovoce.

Mentre il breve giorno autunnale già vira bruscamente verso il buio, e oltre le vette, a sud, rosseggia il tramonto del mare, i due poliziotti fissano il camper e aguzzano l'udito: ascoltano il rumore preferito dalla natura, un quasi silenzio fatto di cigolii e fruscii, in cui si inserisce il soffio del vento, che procede a strappi, e infine un rumore più chiaro, più netto, più umano: quello di qualcuno intento a pisciare.

«Adesso, o risale nel camper, oppure deve per forza fare il giro e sbucarci sotto il naso» dice Raviola.

«È sicuro che dal lato che non vediamo non ci sia un altro sentiero?» domanda il Pinguino.

«Ci sono solo sentieri da capre, commissario. Si fidi, questo bosco lo conosco bene.»

Esistono pisciate normali e pisciate infinite, questa appartiene al secondo tipo. Dura talmente a lungo che a un certo punto il Pinguino e Raviola si guardano allibiti, quasi ammirati dalla durata soprannaturale, ma poi un rumore inaspettato li richiama all'ordine, un rumore come di metallo contro metallo che li spinge a tornare con gli occhi puntati verso il furgone: giusto in tempo per osservarlo coprirsi di fiamme. Qualcuno ha pisciato, indubbiamente, ma poi deve aver continuato con altri liquidi decisamente più infiammabili.

Una figura minuta, con la testa coperta da un cappuccio e una spessa barba nera appare sotto di loro saltellando via dalle fiamme. Si muove in modo strano, come se portasse un pesante zaino a tracolla.

Raviola gli urla di fermarsi ma quello, appena sentito l'ordine, si volta verso di loro e gli getta contro una tanica di metallo, e subito corre nuovamente dall'altra parte del furgone ormai interamente avvolto dalle fiamme.

Raviola si lancia all'inseguimento. Il Pinguino, più semplicemente, si lancia. Dopo essere atterrato in qualche modo sente Raviola urlare ancora, e poi il rumore di uno sparo, e poi più nulla. Raggiunto il suo vice, capisce subito che chiunque fosse l'uomo incappucciato è riuscito a fuggire. Raviola è furioso. Il Pinguino deve spostarlo con forza per evitare che le fiamme lo lambiscano.

«Per fortuna che c'erano solo sentieri da capre, eh, Raviola.»

«Quello era peggio d'una capra, glielo giuro. Mai visto nessuno muoversi a quel modo sopra le rocce e tra i roveti.»

Il Pinguino guardando verso il basso è costretto ad ammetterlo: non c'è nessun sentiero, soltanto una specie di muro franoso pieno di pietre e arbusti.

«Si sente bene?» domanda il Pinguino.

«Certo, sì.»

«E allora me lo spiega perché ha sparato?»

«Sparato io? Ma è lui, l'uomo capra, che ha sparato contro di me!»

oca bollita
pista svanita
altrove
calibro nove

Ci sono due modi di bestemmiare. Uno blasfemo e un altro estremamente, profondamente religioso. Il primo è quello che riduce le bestemmie a semplici intercalari, svuotandole del loro potere. E al Pinguino, pur essendo tutt'altro che credente, dà fastidio. Il secondo modo di bestemmiare invece, pur usando le stesse parole, le stesse fantasiose combinazioni di insulti e divinità varie, viene solitamente pronunciato con un tono di voce unico e prezioso, con quello stesso tipo di fiato con cui si riemerge dall'acqua dopo aver rischiato di annegare: il fiato del bisogno supremo. I pompieri accorsi sulla scena del crimine, costretti a trasportare a mano tutto il materiale necessario a domare l'incendio, che dal furgone rischiava di propagarsi per il bosco circostante, secondo il Pinguino bestemmiano in un modo profondamente religioso, a bassa voce, tra un grugnito e l'altro, pronunciando maledizioni con l'intensità che raramente si concede alle preghiere.

Il fumo che si alza dalle parti in cui le fiamme sono state vinte è nero, vischioso, e il Pinguino ripensa a sua nonna, Violetta, quando gli diceva che un buon modo per cacciare le vipere consisteva nel bruciare una scarpa. Il commissario aggiunge fumo al fumo accendendosi la pipa. Guarda verso il cielo, le nubi sembrano macchie di calce, una poiana disegna un'ampia curva nell'aria e scompare altrove.

alta fiamma
gelato con la panna
distorsore
palla di cannone

«Ricapitolando...» dice il Pinguino rivolto più a se stesso che a Raviola, o a Listeddu e Telesca che sono accorsi assieme ai pompieri e alla dottoressa Lubatti della Scientifica. «Abbiamo trovato il gigante olandese che a detta di Rose Bellamy ha quasi aggredito Rufus Blom, l'amico di Polly Levi di cui ci hanno parlato ai Poderi Einaudi. A giudicare dalla stazza non può essere che lui, Adri Bakker. Però, se già in vita veniva descritto come più taciturno di un'orata, adesso che gli hanno sparato in faccia, per poi ricoprirlo di fiamme, temo che la conversazione sarà piuttosto complessa...»

«Il cornuto che l'ha ammazzato mi ha anche sparato addosso» interviene Raviola fumando e tremando.

«Il cornuto che le ha sparato addosso è poi lo stesso che ci è scappato da sotto il naso, proprio lui. E poi, che altro sappiamo?» domanda il Pinguino camminando avanti e indietro.

«Che il fuoco ha incasinato tutto» dice la dottoressa Lubatti cercando di prelevare campioni di urina praticamente tra le gambe dei pompieri intenti a domare definitivamente l'incendio. «Difficilmente troveremo tracce utili sull'assassino. E sul fatto che il fuggitivo abbia sparato in pieno volto alla vittima, per il momento questa è giusto una sua supposizione, commissario, perché purtroppo, fino a quando le fiamme non saranno spente, non avremo modo di verificare.»

«Questo, però» dice il Pinguino indicando un bossolo vicino al suo piede, «proviene di sicuro da una semiautomatica e, a giudicare dal punto in cui è caduto, non è difficile immaginare che il colpo sia stato esploso da qualcuno che si trovava fuori dal furgone, probabilmente dritto davanti alla porta. E io sono sicuro che anche lei, dottoressa, farà fatica a ritenere possibile che Adri abbia deciso di spararsi in faccia per poi rientrare dentro il furgone e mettersi comodo comodo sul pavimento.»

«D'accordo, commissario, ma perché è così sicuro che gli abbiano sparato in pieno volto?» domanda la dottoressa Lubatti.

«Perché la pistola utilizzata era di piccolo calibro e la vittima una specie di gigante, e in questi casi una singola pallottola in qualsiasi altra parte del corpo non credo sarebbe bastata. E poi bisogna tenere in considerazione l'effetto Kurt Cobain.»

«Kurt Cobain?» interviene Telesca. «Quello dei Nirvana?»

«Lui» risponde il Pinguino.

«E che c'entra con la scena del crimine?» domanda Telesca.

«Io con la musica non vado oltre gli anni Sessanta, commissario» lo incalza la dottoressa Lubatti. «Mi spiega cosa sarebbe questo effetto Kurt Cobain?»

«Kurt Cobain era un genio, dottoressa, e per me, per quelli come me, quelli nati brutti in un mondo ossessionato dalla bellezza, l'idea che un genio famoso e bellissimo potesse essere così infelice finiva per farlo sembrare uno di noi, stupidamente, ci dava speranza. Purtroppo non ne ha data a lui, a Cobain. Che infatti decise di farsi saltare in aria la testa, con un fucile, se ricordo bene. E niente, io ebbi la stupida, morbosa curiosità di cercare le fotografie del suo suicidio sul web. Ed ebbi anche la maligna fortuna di trovarle. E da allora, quando vedo il sangue formare certe tracce, simili a un'aureola o a un arcobaleno, so per certo che la persona deceduta si è sparata, oppure è stata colpita, in pieno volto, praticamente in bocca, con uno sparo proveniente dal basso.»

«Ma come ha fatto a vedere le tracce di sangue? Dove le ha viste? Voglio dire, quando lei e Raviola siete arrivati il furgone era già in fiamme.»

«Io e Raviola siamo scesi da quel pendio» dice il Pinguino indicando il punto in cui si erano appostati. «O meglio, Raviola è sceso, io invece sono venuto giù come una slavina. E quando ho alzato lo sguardo, è allora che ho visto la finestra sul retro ricoperta di sangue. Solo la metà superiore però. Per questo sono quasi sicuro che l'assassino, dopo aver bussato alla porta, abbia aspettato che Adri Bakker aprisse per poi spararagli immediatamente. Senza dargli il tempo di capire cosa stesse succedendo. E visto che il furgone, lo si vede bene, ha degli ammortizzatori speciali che lo rendono più alto del normale, sono sicuro che l'assassino si è trovato costretto a non salire nemmeno sul primo gradino. Gli ha sparato da terra, quindi, dal basso verso l'alto. E poi credo anche che l'assassino abbia una strana postura.»

«Una strana postura? Ma sono io che l'ho visto scappare quel cornuto, commissario, che ne sa lei della sua postura?» domanda Raviola.

«Il fuoco avrà anche incasinato tutto, Raviola» dice il Pinguino indicando un punto insignificante del suolo. «Ma l'assassino, o il cornuto come lo chiama lei, ci ha comunque lasciato qualcosa su cui lavorare.»

Raviola, la dottoressa, Telesca e Listeddu raggiungono il Pinguino e lo imitano, guardando verso lo stesso insignificante punto del terreno, per poi fare lo stesso quando il commissario indica un'altra anonima porzione di terreno questa volta nella parte scoscesa, e poi un'altra, ancora più in basso, e un'altra ancora.

«Se ci fate caso» dice il Pinguino tornando a indicare il punto del terreno più vicino a loro, «nonostante la ripidità...»

«Un cazzo di strapiombo» lo interrompe di nuovo Raviola.

«Nonostante la ripidità del terreno» riprende il Pinguino, «chi è riuscito a sfuggire a me e Raviola...»

«Una cazzo di capra» mormora il suo vice.

«La cazzo di capra che è corsa giù per questo cazzo di strapiombo, va bene così, Raviola? Sì? Mi fa piacere. Dunque, la nostra cazzo di capra, il nostro cornuto armato di pistola, nonostante l'agilità e la velocità dimostrate, ecco, ho ragione di credere che possa essere affetto da cifosi.»

«Da che?» domanda Raviola.

«Ha la gobba» dice Telesca.

«La gobba? Ma figurati» dice un Raviola per nulla convinto.

«Cosa glielo fa pensare, commissario?» domanda Telesca.

«Dal modo strano in cui si muoveva, come se trasportasse qualcosa di pesante, e poi guardi qui» dice il Pinguino avvicinando il dito al terreno fino a sfiorare una minuscola impronta nel fango. «Lo vede il segno tracciato nel fango come con la punta del piede? E poi guardi più in basso e cerchi di immaginare il percorso del fuggitivo. Ci riesce? Vede i segni successivi? Nelle parti rocciose è impossibile, ma il fango invece, il fango trattiene tutto, come la carta.»

«Sembra un po' come se corresse sempre sulle punte» dice Telesca.

«Esatto, Telesca, esatto, sempre sulle punte. E chi cammina quasi sempre sulle punte? Chi soffre di cifosi, i gobbi.»

«Ma come fa un gobbo a correre giù per un dirupo?» domanda Raviola, scettico a oltranza. «Questa è una roba che richiede bravura, commissario, agilità. Ce lo vede lei un gobbo agile?»

«Raviola, io conoscevo un vecchietto abruzzese perennemente ubriaco che negli anni in qualche modo era riuscito a insegnare alla sua Vespa a riportarlo a casa dal bar. L'ho visto con i miei occhi incapace di spostare uno sgabello senza cadere e ciononostante più che in grado di mettersi a guidare. Da queste piccole cose ho imparato che nella vita, specialmente nelle faccende più stupide della vita, non bisogna mai stupirsi di nulla. Nemmeno di un gobbo agile.»

schedario
dromedario
magia
controstrategia

13

Località San Rocco, Marsaglia, Piemonte

A seguito delle rarissime volte in cui il Pinguino si separa da lei, Gilda gildina di norma accoglie il suo ritorno esprimendo tutta la propria incontenibile felicità mediante una strana danza sculettante, con il corpo lungo e arruffato di pelo biondo che si flette a destra e a sinistra a formare accenti e virgole di tutti i tipi, una danza che subito dopo, per via dell'eccesso di amore e di ritmo, costringe la bassotta a farsi la pipì addosso. Questa volta però, nonostante il fallito tentativo di cattura nei pressi del furgone di Polly Levi abbia preso un buon paio d'ore, il ritorno a casa del Pinguino non necessita di baci, carezze, scottex e pulizie di pavimenti. Perché, molto semplicemente, Gilda gildina è a casa ma non si interessa a lui. Il Pinguino ha appena parcheggiato davanti alla villa assurdamente grande che ha affittato qui nelle Langhe, una casa che andrebbe bene per una famiglia enorme, e dove invece lui abita da solo, e non sentendo il ticchettio dei passi di Gilda gildina sul terreno, quasi si trattasse di un automatismo immediato, alza lo sguardo verso il cielo e lo vede, immobile e sibilante: il maledetto drone della signora Miriam Alabastro, la sua donna delle pulizie.

Nonostante i settanta e passa anni, Miriam ha una fissazione adolescenziale per i droni, fosse per lei trascorrerebbe tutta la propria vita così, con gli occhi piantati sopra lo schermo che illumina la parte centrale del comando grazie al quale controlla il proprio drone volante, una scatoletta di plastica minuscola e apparentemente fragile, con quattro eliche altrettanto piccole e mingherline posizionate ai quattro angoli, eliche che quando entrano in funzione producono un rumore simile a quello di uno sciame di api velocizzato e amplificato.

Ed è proprio questo assurdo rumore che ipnotizza Gilda gildina e la costringe a rimanere con il muso rivolto verso il cielo scuro come un'ufologa in attesa. Il Pinguino ha provato a vietare l'utilizzo del drone più e più volte, e non tanto per il momento ipnotico che induce sulla sua bassotta, ma per la fase successiva, quella dell'atterraggio. Perché una volta che il drone della signora Alabastro entra in riserva energetica e va riportato a terra il più in fretta possibile, allora Gilda gildina, osservando questo anomalo uccello dalle movenze simili a quelle di una libellula robotica, smette i panni della devota in contemplazione degli astri e indossa quelli della belva assetata di sangue. Difficile per il Pinguino accettare la cruda evidenza di come un volto, e per di più un volto amorevole e affettuoso come quello di Gilda gildina, possa lasciarsi trasfigurare in uno specchio di quello stesso male violento che a detta del commissario circonda il mondo intero. In teoria, il divieto dell'uso del drone imposto alla signora Alabastro dovrebbe evitare a Gilda gildina uno stress eccessivo, ma in verità chi si stressa davvero è il Pinguino. Cinico verso qualsiasi cosa, il commissario sa di avere tre punti deboli nella corazza con cui affronta la vita: il primo è la sua bassotta, per cui andrebbe a caccia di ghiaccioli all'inferno, il secondo è sua madre, di cui lui si preoccupa per via dell'età e degli acciacchi, e infine, il terzo punto debole del Pinguino è naturalmente Ava, la donna che ama e da cui attende una risposta. Da sei anni.

«Miriam!» urla il Pinguino. «Signora Alabastro!»

Miriam Alabastro però non reagisce alle urla con cui il Pinguino tenta di attirare la sua attenzione. Il commissario dovrebbe saperlo, mentre pilota il suo drone la signora Alabastro ama ascoltare musica a tutto volume. E difatti eccola lì, la piccola tarchiata signora Alabastro, eccola lì con ancora addosso il grembiule che ha usato per fare le pulizie di casa e un ghigno enorme stampato sul volto, ed eccola lì con le cuffie ben premute dentro le orecchie e la testa "che fa luce": perché la tinta rossa con cui la signora Alabastro si colora i capelli è così intensa, così meravigliosamente artificiale da essere in grado di produrre luce. Come certe creature che abitano gli abissi del mare e che si illuminano mediante strani procedimenti chimici, allo stesso modo la capigliatura di Miriam Alabastro, vaporosa, incredibilmente cotonata, possiede la capacità di somigliare a una specie di torcia, un po' come quella delle Olimpiadi, giusto un filo più arancione. E decisamente più profumata di agrumi, rose e altre note sdolcinate, almeno a giudicare dall'espressione che si stampa sul viso del commissario quando l'avvicina per scuoterle la spalla: sembra che al commissario abbiano sparato negli occhi tutti i lacrimogeni tenuti da parte per un derby di quelli sentiti.

«Commissario!» urla stupita Miriam Alabastro. «Non l'aspettavo così presto!»

Il Pinguino le fa segno di togliersi le cuffie e Miriam prontamente esegue.

«Ha ragione, ha ragione, con le cuffie urlo come una matta, vero?»

«Miriam, però, il drone glielo avevo detto che era meglio di no.»

«Certo, certo, mi ha detto di non usarlo, lo so, lo so, perché Gilda si agita, è vero che ti agiti, Gildina? Povera, sì che si agita, la bimba, però, commissario, lo vede anche lei, con questa luce, lei mi capisce, come facevo a resistere?»

Il commissario prima guarda sullo schermo dello strumento con cui si pilota il drone, e poi verso il bosco che il drone ha appena sorvolato: oscurità assoluta.

«Signora Alabastro, ma che luce e luce, se è tutto buio.»

«Eh ma è proprio nel buio che ci sono le luci migliori, commissario! Il buio, vede, funziona come le onde del mare, come la neve. Una di quelle faccende che sembra tutto uguale, con lo stesso passo, tutto prevedibile e poi all'improvviso… ecco che cambia! E quando cambia, quando cambia il buio, commissario, appaiono certi colori, certi riflessi che nemmeno il più bel fiore del mondo. Glielo giuro, commissario.»

«E stasera? Come si è comportato il buio stasera?»

«Male, commissario, male. Venti minuti di registrazioni, venti minuti di nulla, a parte un piccolo falò vicino alla rocca. Ma nulla di che.»

«Peccato» dice il Pinguino sollevando Gilda gildina e baciandola sulla testa. «Posso entrare in casa, il pavimento ha finito di asciugare?»

«Certo, certo, commissario, è tutto pronto. Le ho anche portato una bottiglia di Barbera che fa un mio cugino, più simpatico con l'uva che coi cristiani.»

«Quel che mi ci vuole, Miriam, una bottiglia di buona Barbera da bere con una certa foga, con un po' di urgenza, così da buttarmi a letto il prima possibile.»

«Giornata pesante?»

«Orribile. E stanotte mi sveglio alle quattro.»

«Va al mare?»

«Torno al mare.»

barbaglio
uomini al guinzaglio
soffocamento
progressivo indebitamento

13 ½

Latte, Liguria

Messaggio vocale di Piera, la mamma del Pinguino: «Ho trovato questa foto tua, di quando eri bambino. Bevevi attaccato alla fontana di quei bagni che non ci sono più, vicino alla sorgente solforosa di Ospedaletti. Sei tutto nudo, hai la bocca attaccata alla fontana e mentre bevi fai anche pipì, e in qualche modo sorridi, sorridi a papà che ha scattato la foto. Hai sempre sperato che il mondo facesse così, proprio così, che ti attraversasse spiegandosi, facendosi capire, in qualche modo. L'acqua entra, fa i suoi giri, e poi l'acqua esce. E questa è una speranza che secondo me tu hai ancora, e che ti fa star male. Perché le spiegazioni del mondo sono troppo grandi, troppo più grandi di noi. Nella gentilezza come nella cattiveria. E allora bisogna farsele andare bene anche quando ci sembrano assurde. Ah! E ricordati di dare le gocce a Gildina, che altrimenti si riempie di zecche».

14

Località San Rocco – Latte – Capo Mortola – Piemonte e Liguria

Quando suona la sveglia, il vasto buio della notte avvolge le valli come uno di quegli spessi panni che si mettono a protezione dei biliardi a fine serata, un buio denso, opaco, che diluisce le stelle a una a una, senza sforzo, rendendole simili a cubetti di ghiaccio abbandonati sotto il sole estivo in una bibita. Non è più un buio assoluto e impenetrabile come quello che governava la notte sino a poco prima, quando il Pinguino e Gilda russavano beati, ma al tempo stesso il chiarore dell'alba è ancora lontano. Le quattro, quattro e mezza di notte in autunno sono il momento in cui i gufi devono vincere l'indecisione, perché se è vero che la loro natura li spinge a cacciare, altrettanto vero è che l'oscurità non li protegge più completamente. Qualcosa inizia a vedersi, figure dai contorni lattiginosi, rami, porzioni d'asfalto rischiarate dalla luna. E ombre.

Quella del Pinguino è un'ombra assonnata, un'ombra che solleva spesso le corte braccia per portarsi le mani al volto in modo da stropicciarlo, come se le spremute d'occhi aiutassero a risvegliarsi più velocemente, quando invece altro non fanno che arrossare lo sguardo, rendendolo simile a quello di chi ha pianto. Poco male. Il Pinguino sta comunque per piangere.

Per adesso però si limita a sollevare Gilda gildina che finge di svegliarsi ma poi è ben felice di riaddormentarsi, ancora per aria, coperta dall'odore del Pinguino. Un gusto di uomo dal petto e dalla pancia enormi che ha bevuto vino rosso, a cui si aggiungono le note di tabacco, quelle della pipa che il Pinguino si accende prima di mettersi al volante. Fuma alzando lo sguardo verso il cielo. Da qualche parte deve pur esserci una luna, ma è talmente sottile e stanca, talmente ingolfata di nubi di passaggio da somigliare a una buccia di limone lasciata troppo a lungo in attesa dietro il bancone di un bar poco frequentato. Il Pinguino la cerca con lo sguardo e la trova, soltanto allora mette in moto e parte, verso di lei, in direzione di quella luna buccia di limone secco che a sua volta punta verso il mare. Il Pinguino normalmente torna in Liguria il fine settimana, ma questa volta non può aspettare: le gocce che ha preso la mattina precedente erano le ultime, e le abitudini vanno rispettate. Certe abitudini in modo speciale. Per questo è partito in piena notte, in modo da avere il tempo di fare tutto e tornare in tempo per continuare le indagini. La verità è che il Pinguino parte sempre nel mezzo della notte alla volta del mare. Non certo per evitare il traffico, che da queste parti e sino alla costa ligure di norma è pochissimo, ma perché non gli piace piangere di fronte ad altra gente. Soltanto davanti ad Ava può lasciarsi andare, con lei è diverso, perché è per lei che il Pinguino piange.

La strada che lo riporta a casa è bella. Il paesaggio la rende bella mutando più volte, i boschi lasciano spazio all'acqua del fiume e ai campi coltivati, che a loro volta ospitano paesini dai muri dipinti e bar chiusi, alimentari con le decorazioni in legno e strade scavate lungo i bordi, strade e stradine pronte alla neve, che una volta era tanta e immancabile, e che invece ormai inizia a sembrare un miraggio. Gilda gildina continua a russare, russare e sognare. Deve essere un sogno legato alla giovinezza, perché le corte zampe coperte di pelo biondo si muovono frenetiche sul sedile come se stesse inseguendo una preda. Magari invece sta scappando. Il Pinguino ci pensa spesso quando è occupato in un'indagine: mentre si rincorre qualcuno o qualcosa, bisogna assicurarsi, di tanto in tanto, di non essere inseguiti a propria volta.

levataccia
cane da caccia
alba
clematide vitalba

Se sono sei anni che Ava fa aspettare il Pinguino per una risposta, è perché sono sei anni che Ava è in coma. Non è invecchiata di un minuto, nemmeno di un singolo battito di cuore. Gli stessi occhi affilati, simili a quelli di un rapace notturno, le stesse labbra sottili, la stessa pelle chiara e soffusa, come un rimasuglio di neve nascosta tra fiori alti ed erba di campo. Il Pinguino ha le chiavi per entrare nella clinica in cui i genitori di Ava la mantengono in vita. Sono sei anni che qualcuno ha provato a ucciderla costringendola qui, prigioniera di questo sonno artificiale. Sei anni che il Pinguino cerca di scoprire chi sia stato, tra i suoi tanti, troppi amanti, sei anni che il Pinguino fallisce. Ma non è per questo che piange, no, le lacrime servono a scrollarsi di dosso il dolore per quella risposta eternamente rimandata: poco prima che qualcuno le sparasse, dopo anni e anni, lei e il Pinguino avevano trascorso insieme una notte d'amore, non più da amici, ma da amanti. Fu allora che lui le chiese di andare a vivere con lui. Lei disse che ci avrebbe pensato, ma lo disse sorridendo, che è quasi come dire di sì.

attesa
autodifesa
scirocco
ravioli al tocco

Non ha abbastanza tempo per fermarsi a salutare sua madre, e poi a quest'ora lei dorme ancora. L'ha avvertita che sarebbe passato al volo e che sarebbe tornato il fine settimana successivo, se il lavoro glielo permetterà. Si ferma comunque davanti a casa sua, a Latte, uno degli ultimi paesini della Liguria a pochi passi dal confine con la Francia. Visto di sfuggita sembra consistere giusto in un curvone con una rotonda al centro e un supermercato, ma la casa della madre del Pinguino è più in basso, sulla costa. Davanti al suo mare. Il clima impazzito disorienta le piante, per loro sembra ancora estate. Estate sempre e per sempre. I petali bruciati della bouganville che ricopre la facciata della casa raccontano di mesi e mesi di siccità. Un geco dorme vicino alla porta d'ingresso, dietro la siepe risplende il mare, rosso, verde, azzurro e blu. Il Pinguino lascia sul tavolo di pietra un sacchetto di carta, dentro c'è una focaccia calda presa da un panettiere con cui ha studiato nell'infanzia. Sua mamma ha il dubbio che il panettiere metta lo strutto nella focaccia, altrimenti non si spiega come possa essere così buona, ma nonostante il dubbio la mangerà comunque volentieri, negando tutto in seguito. Gilda gildina scodinzola davanti alla porta, è così felice all'idea di rivedere la mamma del Pinguino che lecca l'aria, come se si trattasse di un sortilegio per avvicinare la pelle amata. Il Pinguino deve sollevarla di peso e metterla in macchina, e poi sorbirsi il suo sguardo triste mentre raggiungono la pineta, ancora più vicino al confine.

A bordo strada nonostante l'ora sono già parcheggiati un paio di scooter, tra cui quello del suo amico chimico, il suo fornitore di gocce. Ma il Pinguino sa che il suo amico al momento è impegnato, e lo sa perché ha lasciato un cappellino da baseball sul sedile dello scooter proprio per informarlo. Meglio così. Il Pinguino non vede l'ora di buttarsi in mare. Per questo prende il borsone che aveva sistemato sul sedile posteriore e assieme a Gilda si incammina per una strada laterale, un sentiero che, invece di inoltrarsi nella pineta, costeggia la strada per poi infilarsi di traverso sul dorso della collina, nel mezzo dei Giardini Hanbury, originariamente parco privato dell'uomo che ancora gli dà il nome, diventato col tempo un parco visitabile da chiunque: sono la rappresentazione plastica del clima estremamente amichevole che contraddistingue questa striscia di terra, un clima che permette a piante provenienti dagli angoli più disparati del mondo di convivere. Anche adesso, nonostante sia autunno, fiori viola e gialli a forma di campane pendono da oltre i confini del giardino e arrivano quasi a lambire la testa del Pinguino, preceduto come sempre da Gilda gildina che quando cammina in un posto che le piace dimentica l'età e gli acciacchi e procede spedita, naso a terra, orecchie sballonzolanti. Il sentiero prosegue in discesa, da un lato la macchia mediterranea e dall'altro la roccia, dentro cui il sentiero stesso è scavato sino a raggiungere il mare, calmo e teso, con un'onda leggera leggera che serve soltanto a imbiancare un poco le rocce. Il Pinguino si spoglia nudo e si infila la muta. Il suo soprannome deriva proprio da questa sua mania di fare il bagno anche d'inverno, persino nelle Langhe. Una volta, un contadino di passaggio lo vide immergersi nelle acque del fiume imbacuccato nella sua muta nera, fatto ritorno al bar disse di aver visto il nuovo commissario vestito come Diabolik, per poi aggiungere: «È uguale a un pinguino, a forma di pera, con la pancia tonda e le braccia corte». Quasi due metri d'uomo, ma pur sempre un pinguino, un pinguino tornato finalmente nel suo regno d'acqua salata: persino gli occhi, nascosti dietro il vetro della maschera, ridono felici nell'osservare il verde pallido delle alghe simili al muschio e i viola e marroni persino più tenui delle posidonie dentro cui i pesci si nascondono per mangiare. Gilda lo segue dalla costa, immersa nella luce del sole, la stessa luce che illumina l'acqua del mare separandola in fasce sottili sino a raggiungere il fondale. Il Pinguino, come sempre gli succede sin dall'infanzia, ha l'impressione di volare, finalmente libero dalla vertigine e dal peso del proprio corpo, con le braccia e le gambe larghe, e l'acqua fredda che gli sollecita il collo e i piedi con il suo soffio gelido e soffice come il manto di un gatto restato a lungo nella neve.

acqua
verde acqua
azzurro
sussurro

L'amico del Pinguino emerge dalla pineta madido di sudore come dopo una gara di sauna finlandese. Corto, pelato, con le mani paffute e le guance più rosa della mortadella, il professor Gaudenzio Caviglia corre verso l'amico d'infanzia con un sorriso da bambino in gita stampato sul volto.

«Commissario mio» dice Gaudenzio ridacchiando. «Certi arbusti nella selva, commissario, certe verghe! Ho temuto di non uscirne più...» Piccola pausa. «Magari!»

La pineta sul confino è un noto ritrovo di amanti occasionali, esclusivamente uomini, quasi tutti tarchiati, non più di primissimo pelo. Per questo motivo, quando per l'ennesima volta Gaudenzio gli ribadisce che uno come lui nella pineta farebbe strage di cuori, il Pinguino non lo prende come un gran complimento.

«Ho saputo che hai una bella gatta da pelare, lassù tra i piemontesi» dice Gaudenzio passandogli la boccetta con dentro le gocce. «Te ne ho portate più del solito, vedi mai che il lavoro ti blocchi per un po'.»

«Ti ringrazio. E tu, come stai?»

«Come sto? Ginnico e umettato, caro mio, ginnico e molto amato. Tu invece sembri più sbattuto del solito. Hai ripreso a bere la mattina?»

«Ma no, no, che c'entra il bere, è il lavoro.»

Gaudenzio si accende una sigaretta e fa una smorfia strana.

«Che significa 'sta faccia?» domanda il Pinguino.

«Significa che tanto il morto è morto.»

«La morta.»

«Vabbè, la morta, povera, a lei ormai non cambia più di tanto la faccenda.»

«A me sì.»

«Mi sei diventato un fanatico della giustizia?»

«Fanatico di niente, però sono preoccupato.»

«E di che hai paura, che ci scappino altri morti?! Mo' vuoi dirmi che ci sono i serial killer nelle Langhe? E io che ero rimasto alla luna e i falò.»

«Macché serial killer, però, quando ce n'è uno a

piede libero, di assassino, nessuno può dire che succederà.»

«Magari niente.»

«Magari niente, magari una carneficina. E i morti, in realtà, sono già due.»

«E vabbè, se la vedi così non ne usciamo mica. Io, ad esempio, adesso me ne torno in pineta. E cosa spero di trovarci? L'amore, commissario mio, l'amore o almeno un po' di sostanza. Non sto certo a pensare che *magari* trovo quello che mi strozza e poi mi dà fuoco. Bisogna darsi la carica: Banzai! Avanti Savoia! *Nobiscum deus!* Urla quel che ti pare, ma credici!»

atlante
luna calante
falò
armadi rococò

Falò. Il Pinguino si dà uno schiaffo in fronte così violento che Gilda gildina immediatamente si affaccia dal finestrino della macchina pronta alla battaglia. Trovando però una situazione in apparenza pacifica, la bassotta si limita a lanciare leccate per aria, come fossero baci. Gaudenzio si rivolge al Pinguino, è curioso di sapere che cosa gli sia venuto in mente. Ma il Pinguino è come se fosse finito altrove, come se fosse tornato indietro nel tempo. Alla sera precedente, quando la sua donna delle pulizie, riferendosi alla sua perlustrazione con il drone gli ha detto: «Venti minuti di registrazione, venti minuti di nulla, a parte un piccolo falò vicino alla rocca». La rocca è un posto isolato e non facilissimo da raggiungere, specialmente con il buio. E visto che l'ultimo falò osservato dal Pinguino comprendeva un tizio morto ammazzato e un assassino in fuga, il commissario si rende conto di dover chiamare Miriam Alabastro per dirle di non cancellare la registrazione, e subito dopo Raviola. Perché c'è da andare subito alla rocca.

15

Marsaglia, Piemonte

Due camminate da più di mezz'ora nel giro di quarantotto ore. Per il Pinguino siamo nei paraggi della preparazione per i giochi olimpici. I maledetti giochi olimpici. E se nel mezzo ci mettiamo anche la levataccia alle quattro del mattino, mentre tenta di tenere il passo di Raviola lanciato per questo sentiero che pur scendendo in qualche modo sembra sempre in salita, il commissario è intimamente certo che questa combinazione di elementi, di punizioni, dovrebbe metterlo in lista per una futura beatificazione.

Ma il futuro è come un basso livello di colesterolo nel sangue, come la pensione, un qualcosa che sulla carta dovrebbe essere possibile, ma che nella realtà appare irraggiungibile, o peggio, irreale. Il Pinguino può giusto limitarsi a masticare questo poco di fiato che si ritrova, e che sa di tabacco e caffè, può soltanto rigirarselo in bocca e farselo bastare, facendo attenzione a non scivolare nelle zone fangose, in quelle parti del sentiero in cui la luce del sole non arriva mai, perché le chiome degli alberi si fanno fitte e aggrovigliate come le sopracciglia dei vecchi. Una volta Giobatta, il suo amico del lunedì mattina, contravvenendo alla loro accademia del silenzio, gli disse che da quando tutti si erano messi a coltivare soltanto uva e nocciole, dimenticando il resto e rubando sempre più terre al bosco, quello, il bosco, nelle zone che ancora gli spettano, si è fatto più impenetrabile, più aspro, chiuso, come a voler dimostrare il proprio fastidio per i furti subiti, per tutti gli ammanchi così dolorosi. Per di più, oggi, il cielo sembra ostinato a preservare una qualità di buio che normalmente dopo l'alba si lascia sciogliere come sale nell'acqua. Non oggi. Oggi le nubi scure rilasciano nell'aria immobile un riverbero grigio che ha il compito di richiamare a sé il fumo dei numerosi roghi appiccati nelle campagne per liberarsi degli scarti inutili delle lavorazioni. Osservare il fumo dei falò la mattina, specialmente la mattina presto quando inizia o sta per piovigginare, è una cosa normale. Non è normale un falò a tarda sera, invece, ancora meno quando il fuoco è così isolato, così lontano da qualsiasi proprietà.

«Proprio dalla rocca?» domanda Raviola.

Il Pinguino annuisce laconico, perché con la poca riserva di fiato che si ritrova nei polmoni, anche soltanto pronunciare "sì" lo manderebbe in bancarotta. Per sua fortuna la meta è vicina.

Una volta raggiunta, la rocca si rivela più che altro una specie di strapiombo. Come se il bosco, a un certo punto, avesse scelto di andare a capo. Il Pinguino ricorda come questo posto abbia una triste fama, forse a causa di un eccidio di partigiani, o forse perché ci avevano ammazzato dei prigionieri di guerra. L'unica certezza è che in un posto così non ci si vengono a bruciare gli scarti della campagna, no, in un posto così fuori mano ci si vengono a nascondere le tracce, a ridurre in cenere tutto quello che potrebbe rivelarsi pericoloso. Perché, e il Pinguino lo sa bene, anche gli assassini hanno sempre paura di qualcosa. Per esempio di essere visti da occhi indiscreti. Ed è proprio l'impressione che si ricava osservando il video della sera prima, video che Miriam Alabastro non aveva ancora cancellato: minuti e minuti di nero pressoché assoluto, chiome nere mosse appena da un alito di vento e poi, all'improvviso, il bagliore di un fuoco, e vicino al fuoco una figura curva, che alza gli occhi verso il drone e subito si copre il volto con un braccio, ma non abbastanza in fretta da occultare una barba altrettanto nera delle chiome degli alberi.

Per il Pinguino e Raviola non servivano ulteriori conferme, si trattava dell'uomo che gli era scappato il giorno precedente. La capra, la cazzo di capra che aveva ucciso lo spilungone nel camper di Polly Levi e che aveva provato ad accoppare Raviola per poi darsela a gambe. La stessa barba, la stessa postura inclinata, da gobbo. Ed ecco infatti che i due agenti ritrovano la sua felpa, anche questa nera, nel mezzo delle braci spente. Bruciata, ma non del tutto. Il drone di Miriam e la paura di essere riconosciuto l'hanno costretto a lasciare il lavoro a metà.

«Raviola» dice il Pinguino fumando la pipa che maledirà sulla strada del ritorno, «guanti e sacco di plastica.»

«Ma non deve venire la Lubatti?»

«Ci verrà anche lei, dopo, ma la felpa voglio portarla via subito.»

«Ha paura che la capra del cazzo viene e se la porta via? Ma se non è tornato durante la notte, commissario, vuol dire che non torna più» dice Raviola infilandosi i guanti controvoglia. «E poi se torna, a 'sto giro sono io che gli sparo. E io mica sbaglio, io.»

«Sarebbe potuto tornare durante la notte, è vero. Ma se è per quello se ne sarebbe anche potuto fregare del drone, che poteva essere di chiunque. E in fondo lui non stava facendo niente di grave. Ma quando uno ha paura di essere beccato, Raviola, diventa paranoico. Specialmente se sa cosa succede se lo beccano.»

Raviola ha appena raccolto la felpa bruciacchiata e la infila nel sacco di plastica.

«Eh, che gli succede? Va in galera, ecco che gli succede. Questo lo sanno tutti.»

«Ma c'è chi lo sa meglio degli altri.»

«Chi?»

«Chi c'è già stato.»

«Un gobbo agile e pure ex galeotto? Ci manca solo che scopriamo che è anche un pirata.»

«Io ho imparato che chi ha trascorso un buon numero di anni in galera, tende a crearsi paranoie con la stessa semplicità con cui noi sviluppiamo anticorpi. Sono paranoie che ai loro occhi si trasformano in semplici ma essenziali accorgimenti. E, Raviola, mi faccia il favore di raccogliere quell'oggetto luccicante, sì, bravo, quello vicino al tronco più scuro» dice il Pinguino indicando un pezzo di ferro quasi completamente sommerso dalla cenere.

Raviola lo studia un po'.

«Pare un frutto, un mini frutto di metallo, una specie di portachiavi» dice mostrandolo al Pinguino.

«Una melagrana» dice il commissario.

«Ecco! Sì, non mi veniva il nome, melagrana, lei.»

Chicchi di melagrana tatuati su Polly Levi, un portachiavi a forma di melagrana sbucato fuori dalla felpa carbonizzata di un probabile assassino. Troppe vitamine, troppe coincidenze, pensa il Pinguino.

«Commissario, chiamo Telesca e la Lubatti?»

«Sì, chiamale. Ma a Telesca invece di dirle che venga subito qua, dille che ho bisogno che mi trovi Bonino, e che me lo trovi al volo.»

«Bonino il guardone? E che se ne fa?»

«Se fossimo a Londra o a Los Angeles, controllerei le telecamere a circuito chiuso» dice il Pinguino allargando le corte braccia come per stringere tutto il paesaggio circostante. «Se fossi uno sciamano chiederei ai falchi di raccontarmi i loro segreti. Ma visto che sono chi sono, e visto che sono qui, che siamo qui, tocca farci aiutare dai guardoni, che tutto vedono e tutto sanno.»

«Ma, commissario, Bonino cerca le coppiette, del resto se ne frega.»

«Del resto se ne frega, è vero. Ma prima di capire se chi ha sotto il binocolo è una coppia di amanti o di paleontologi, Raviola, lui comunque un'occhiata gliela deve dare.»

«Come dice lei, commissario. Ma per trovare Bonino non c'è bisogno di Telesca. Lo so io dov'è.»
«E come mai?»
«Perché ce l'ho messo io, commissario.»

amuleto
frutteto
birilli
portaspilli

Dentro una cascina isolata può esserci qualsiasi cosa. Una famiglia felice, una famiglia infelice, una persona sola, una solitudine rumorosa o pacifica. Potrebbe non esserci niente. Soltanto delle pareti che si coprono lentamente di umido, di muffa, e vecchie fotografie che tornano indietro nel tempo, sbiadendo fino a perdere il proprio contenuto, restituendolo alla luce. Ma una pista da bowling, quella è difficile da immaginare.

«Io subito volevo fargli fare un campo da bocce, un campo indoor, da usare quando c'è il tempaccio. Perché lei lo sa, commissario, a me le bocce mi lavorano come le donne e l'acceleratore bello pigiato, mi danno il brivido.» Raviola guida e fuma. «Ma poi mi sono detto, aspetta, Raviola, aspetta, che un campo da bocce, al chiuso, ha il problema della polvere. C'è il rischio che uno non finisce manco mezza partita per colpa della polvere. Se lo immagina, commissario, il polverone che si alza dopo ogni tiro?»

«E così l'hai obbligato a costruire questo» dice il Pinguino genuinamente allibito.

Invece del salotto di casa Bonino, si trova davanti una pista da bowling. Più corta di una pista normale, e senza il marchingegno che riposiziona i birilli dopo ogni tiro, ma per il resto identica a una vera pista da bowling.

«Obbligato, che parola, commissario! Macché obbligato, gli ho fatto un favore. Invece di portare avanti la denuncia contro di lui, gli ho offerto un'alternativa. Non è vero, Bonino?»

Bonino annuisce con grande vigore, impalato di fianco ai birilli, pronto a svolgere le funzioni del marchingegno mancante.

«Guardate bene che questo è uno strike, lo sento!» grida Raviola assumendo una posa da colpo apoplettico, con il ginocchio e il braccio sinistri sollevati come per scavalcare un'aiuola, e il braccio destro teso all'indietro, con la palla nera e luccicante sospesa verso il soffitto di legno coperto di tovagliette dal sapore svizzero, e poi: *boom*. La palla scorre veloce sul legno liscissimo e scintillante, ma invece di raggiungere i birilli in attesa, per poco non spezza di netto la gamba di Bonino, che dimostra riflessi notevoli, riuscendo a farsi beccare soltanto di striscio. L'impatto della palla contro il rumore fa crollare dal muro alcune vecchie fotografie e un quadro raffigurante una veduta veneziana con alle spalle, per ragioni misteriose, il Vesuvio.

Raviola bestemmia un paio di volte e quindi prende ad accusare Bonino di non aver piallato il campo come si deve, sostiene che la pendenza "gli rovina i tiri", perché lui è "uno di quei giocatori che lavorano sugli effetti". Nonostante l'arto quasi amputato, Bonino porge la palla al Pinguino, pregandolo di fare un tiro.

«No no, Bonino, niente partita. Piuttosto, metta su un caffè che le devo fare qualche domanda.»

«Venite allora, venite che ci spostiamo in cucina» risponde Bonino, servizievole come un maggiordomo.

Se Raviola ha obbligato Bonino a trasformare il proprio salotto in una pista da bowling, il Pinguino scopre che invece la cucina, simile allo studio di un tassidermista, è tutta una creazione del padrone di casa. Non c'è praticamente un angolo che non sia occupato da un volatile impagliato.

«Tutti deceduti di morte naturale, eh, commissario. Ci tengo a precisare che io le bestie non le ammazzo manco per mangiarle.»

Il Pinguino si accomoda attorno a un grande tavolo di legno, posizionato al centro di questa cucina che in realtà sembra un'immane voliera da film dell'orrore. Poiane, beccacce, verle, gruccioni, ortolani, ghiandaie, usignoli, merli, tottaville, tutti impagliati nello stesso modo sbilenco, con un'ala spalancata e una chiusa.

«Zucchero, commissario?»

«Sì, Bonino, che la vita è già così amara. Mi dica, lei è uno che cammina tanto, dico bene?»

«Non c'è modo migliore per rimanere in buona salute» dice Bonino porgendo il caffè ai due poliziotti, «che macinare chilometri.»

«Con la speranza di vedere due che chiavano» interviene Raviola, subito fulminato con lo sguardo dal Pinguino.

«Tutte bugie!» strilla Bonino. «Cattiverie messe in giro da gente maligna.»

«Ma se ti ci ho beccato io, infrattato in un cespuglio che spiavi» continua Raviola.

«Io andavo per funghi» dice Bonino.

«Sì, per funghi! Di notte e con le mutande calate!» ride Raviola.

Il Pinguino dà un pugno sul tavolo che funziona come il gong di un incontro di pugilato, riporta immediatamente la pace.

«Raviola, vada a fumare una sigaretta in giardino» dice il Pinguino.

«Ma piove, commissario.»

«E allora se la fumi in macchina.»

«In macchina c'è il cane.»

«In macchina c'è Gilda, altroché cane, e lei per una volta faccia il signore, e gliene offra una.»

Raviola lancia un'occhiata cattiva verso Bonino e li lascia soli.

«Bene» dice il Pinguino. «Adesso che siamo soli, Bonino, voglio subito tranquillizzarla, io non sono qui per giudicare il modo in cui le piace trascorrere il suo tempo libero. Sono qui perché ho bisogno di sfruttare la sua esperienza.»

«Esperienza in cosa, commissario?»

«Lei è un osservatore, Bonino. Almeno su questo punto siamo d'accordo, spero. Lei è uno che cammina molto, e che camminando molto osserva. Dico bene?»

«Be', già che mi piace camminare, certo, osservo

anche, come dice lei. Che camminare a occhi chiusi è mica raccomandabile.»

«Bene. E allora mi dica un po', Bonino, durante queste sue lunghe, lunghissime passeggiate, non è che oltre a questa processione di volatili morti, lei, per caso, ha anche visto qualcosa di strano?»

«Strano? Eh, dipende, commissario, dipende. Perché sa, per me possono essere strane certe cose che magari, dico magari, per lei invece sono normali.»

«Detto da uno che ha una sala da bowling in salotto, tenderei più a immaginare il contrario. Però ha ragione, "strano" è un termine troppo vago. Meglio entrare nello specifico. Lei, Bonino, ha mai visto un furgone argentato, con dentro una ragazza giovane, bionda, carina?»

«Un furgone argentato? Mmm, no, non mi pare, commissario. Però sa, alcune cose me le ricordo, altre no.»

Bonino è un uomo di bassa statura, che porta male i suoi cinquantanove anni. Il volto scavato, caratterizzato da lineamenti da bambino e le rughe da vecchio, lo fa sembrare più anziano di almeno dieci anni. E anche l'abbigliamento non aiuta: di certo non gli occhiali da vista larghi e con le lenti spesse, non il pullover striminzito color purea di piselli, e tanto meno i pantaloni leggermente a zampa d'elefante e i mocassini lerci. Dopo aver risposto al Pinguino, Bonino si aggiusta i folti capelli che formano un ciuffo simile a quello di certi barboncini che alle competizioni canine si piazzano male in classifica. E poi sorride, Bonino, sorride anche un filo compiaciuto.

«Alcune cose lei le ricorda, e altre no» dice il Pinguino continuando a girare lentamente il cucchiaino dentro la tazzina da caffè. «E io questo lo vedo, Bonino. Lo vedo bene che lei si dimentica le cose. Lei, ad esempio, si dimentica che io, se solo mi gira male, posso riprendere in mano quella denuncia, quella che il Raviola ha messo un po' da parte, e potrei tranquillamente far ripartire tutto da capo. Anzi, potrei trovare una ragione inattaccabile per farla arrestare. Un arresto preventivo, Bonino, perché con certe accuse, certe accuse gravi, non si esagera mai a prendere nuove precauzioni.»

«Ma no, commissario, che dice! Solo perché non ho visto un furgone argentato lei mi vuole rovinare?»

«Il problema non è il furgone, Bonino, il problema è il tono.»

«Che tono?»

«Il tono di chi mi risponde che certe cose sono strane per uno e non per l'altro, il tono di chi mi parla di memoria che fa le bizze, in sintesi, il tono di chi mi prende per il culo, Bonino, di chi mi prende per il culo senza averne il diritto.»

«Ma io non mi permetterei mai, commissario.»

Quando decide di avere l'aria arrabbiata, il Pinguino, invece di fare come tutti, invece di accentuare le proprie caratteristiche, invece di esacerbarle e di alzare la voce, è come se disattivasse il proprio aspetto, cominciando dal volto, spegnendo tutti gli elementi di cui è composto, uno dopo l'altro: lo sguardo si annacqua, la bocca si assottiglia, le sopracciglia, i baffi e le guance cadono verso il basso, le spalle si curvano, la voce suona come un fruscio freddo e distante, simile a uno spiffero ghiacciato e implacabile. Questa trasformazione immediata e inaspettata spaventa sempre chi lo osserva. Bonino lo osserva preoccupato, di più, terrorizzato. Quindi smette di sorridere e di massaggiarsi il ciuffo da barboncino e, finalmente, si siede. A questo punto è il Pinguino che si alza in piedi. Nonostante le spalle più curve del solito, sembra più alto, più imponente.

«Una volta, commissario» dice Bonino. «Una volta il furgone argentato l'ho visto. Anzi no, più di una volta.»

«E la ragazza?»

«La ragazza era dentro.»

«Sola?»

«No. Alle volte c'era un tizio grosso, un gigante.»

«E le altre volte?»

«Le altre volte arrivava un altro uomo, più piccolo di statura, normale diciamo. Arrivava con un macchinone, un'Audi, ma indossava sempre delle strane sciarpe, grosse, e il cappello, se possibile ancora più enorme, e così la faccia non si vedeva.»

«E quella del gigante invece, la sua di faccia la saprebbe riconoscere?»

«Sì, credo di sì.»

«I due, quello col macchinone e il gigante, li ha mai visti tutti assieme?»

«No, mai.»

«Quante volte è andato a guardare il furgone?»

«Parecchie volte.»

«Ne deduco che dentro il furgone facessero quello che a lei interessa, che le piace. Dico bene?»

«Quando c'era il gigante sì. Restavo anche a lungo, perché sentivo bene i rumori. Lei aveva una bella voce, la ragazza, ed è raro. Di solito la gente quando fa l'amore gli viene una voce strana, come i versi di certi animali, lei no. La voce rimaneva bella, luminosa. Sembrava cantare, ridere.»

«E quando toccava a quello col macchinone?»

«Quelle volte rimanevo meno, mi piaceva meno.»

«Perché?»

«Perché suonavano una musica strana, come una litania, che mi faceva paura. E poi sentivo dei versi, non so chi li faceva, ma erano dei versi cattivi, come quando ti imbavagliano e poi ti fanno male.»

Bonino lo dice con l'espressione di chi l'ha provato sulla propria pelle, ma ci aggiunge la tristezza irrimediabile di chi ormai si è convinto di averlo meritato.

Il Pinguino estrae una mappa della zona.

«Adesso mi deve indicare i punti in cui vedeva il furgone argentato.»

Il primo punto indicato da Bonino è quello in cui l'hanno ritrovato carbonizzato. Il secondo invece è da tutt'altra parte. Più verso fondo valle, vicino al fiume, l'ultimo tratto di strada percorribile con un mezzo a motore in direzione dei calanchi.

«Benissimo, Bonino, ci è stato molto utile.» Il Pinguino gli appoggia le mani sulle spalle, con delicatezza, ciononostante Bonino si irrigidisce, come capita alle persone disabituate a sentirsi toccate da altri, se non con cattive intenzioni. «Ma prima di andare devo chiederle un'ultima cosa. Lei lo conosce uno con la gobba e la barba nera?»

«Con la gobba e la barba?» Bonino si volta verso il Pinguino per capire se lo sta prendendo in giro.

«Sì, uno con la gobba e la barba nera.»

Bonino abbassa lo sguardo per riflettere, come se le sue memorie fossero disposte sopra qualche scaffale posizionato a pochi centimetri dal pavimento.

«Una volta c'era uno con la gobba» dice all'improvviso, rialzando lo sguardo. «Lo conoscevo, lavorava in un circo che non esiste più. Però non aveva la barba, e poi credo che sia in prigione.»

«In prigione?»

«Sì, sì, in prigione.»

«Si ricorda perché c'era finito?»

«Aveva rapito una ragazza, giovane, una ragazzina che poi non è stata più ritrovata.»

«Si ricorda il nome?»

«Della ragazza?»

«Del gobbo, della ragazza, di qualcuno.»

«No, il nome della ragazza non me lo ricordo. Nemmeno quello del gobbo, però so che lui aveva un soprannome, il Masca. Masche, come chiamano le streghe dalle nostre parti, solo che era al maschile.»

«E come mai il soprannome da strega?»

«Perché oltre alla gobba, aveva anche una strana cicatrice sul labbro.»

«E il nome del circo, se lo ricorda mica il nome del circo?»

«Quello sì. Il Bianconiglio, così si chiamava.»

sentenza
coincidenza
vita circense
nebbie immense

16

Villa Blom, Rocca Cigliè, Piemonte

A Listeddu era stato chiesto di restare nei paraggi dell'abitazione di Rufus Blom e Rose Bellamy. Per controllare che nessuno con cattive intenzioni si avvicinasse, e per scoprire come i padroni di casa avrebbero reagito al ritrovamento del cadavere di Polly Levi. Gli è stato ripetuto più e più volte l'unico imperativo: discrezione, massima discrezione. A cui lui aveva prontamente risposto dicendo al Pinguino di non preoccuparsi.

«Quando devo mi trasformo in una lucertola, commissario.»

«E perché una lucertola?» aveva domandato il Pinguino.

«E come perché? Perché si camuffa bene, la lucertola, copia i colori della roba che c'è attorno.»

«Quello è il camaleonte.»

«Ok. E allora faccio il camaleonte, che problema c'è? Se è meglio lui, faccio quello.»

Naturalmente, Listeddu è stato scoperto dopo neanche mezza giornata. E non da qualche agente di sicurezza altamente specializzato, quel genere di milizie di cui Rufus Blom potrebbe tranquillamente dotarsi ma che rifiuta categoricamente, no, Listeddu è riuscito a farsi beccare, nell'ordine: dal postino, dal giardiniere, da un tecnico incaricato dei preparativi per la festa di matrimonio, da Rose Bellamy in persona, e perfino da un tizio con una Harley-Davidson enorme che si era perduto. L'unico a non scoprire la postazione segreta di Listeddu è stato proprio il padrone di casa, ma Rufus Blom ha l'attenuante di aver trascorso tutto il giorno a letto con la febbre. A seguito di una sessione con il suo tatuatore personale forse troppo intensa.

Per una volta, però, l'attitudine al fallimento totale di Listeddu faceva parte di una strategia calcolata. A sua insaputa, infatti, anche all'agente Telesca era stato assegnato lo stesso compito. Compito che lei, complice il proprio talento nella mimetizzazione e il disastro appariscente chiamato Listeddu, è riuscita a portare a termine scoprendo un paio di cose interessanti. La prima novità riguarda la cerimonia di matrimonio, che è stata anticipata. Telesca è riuscita ad ascoltare chiaramente la conversazione tra il giardiniere e il tecnico incaricato dei sopralluoghi per la festa. I due si sono detti preoccupati perché il tempo a disposizione per preparare tutto a dovere è poco, pochissimo. «Questi vogliono fare la festa tra quattro giorni! E io come faccio a preparare tutto?» si è lamentato il tecnico. A cui il giardiniere ha spiegato che la colpa è di quello che è successo, della ragazza morta. «La bionda vuole andarsene via, dice che questo posto le mette paura e che non si fida di nessuno, nemmeno della polizia. Ma Blom vuole sposarsi qui, non gli va bene nessun altro posto. E così hanno deciso di anticipare la cerimonia. Di modo che tutti e due ottengano quello che vogliono. Lui di sposarsi qui, e lei di andarsene via il prima possibile. Coi ricchi lo sai, c'è poco da fare, tocca sorridere e fare come dicono loro.»

La seconda novità in apparenza è meno rilevante, ma è quella che interessa di più al commissario. Sembra infatti che Rose Bellamy, a differenza di Rufus Blom, segua ogni giorno lo stesso percorso quando va a correre. Telesca è giunta a questa conclusione pur avendola seguita soltanto due giorni, perché, lungo il tragitto percorso da Rose, la futura signora Blom ha disseminato svariati oggetti con cui si allena: una banda elastica agganciata a un palo della luce, una corda poggiata tra le pietre diroccate di un muro e persino un tappetino da yoga infilato dentro una edicola votiva vuota. Il fatto che Rose Bellamy ripeta tutti i giorni lo stesso percorso di per sé non è così strano, molti sportivi preferiscono la ripetizione all'improvvisazione, perché ripetendo le stesse azioni negli stessi luoghi è più facile valutare le modifiche necessarie. Ciò che ha molto colpito il Pinguino è il percorso prediletto da Rose Bellamy, poiché è esattamente lo stesso scelto a caso da Rufus Blom il giorno in cui ha ritrovato il cadavere.

Il Pinguino adesso deve fare chiarezza. Perché o Rose Bellamy ha persuaso il futuro marito a fare proprio quel giro, e dunque è lei che gli ha fatto trovare il corpo senza vita di Polly Levi, oppure, e se possibile questa opzione è persino più preoccupante, oppure quel cadavere è stato messo in quel posto per lei, per Rose Bellamy, e non per Rufus.

17

Lo Sbaranzo, Piemonte

affumicatoio
nodo scorsoio
morta ammazzata
plastica galvanizzata

Le persone non rispondono sempre volentieri alle domande. Specialmente certe persone, abituate a fare le stesse cose tutti i giorni, in silenzio, le stesse cose che prima di loro con tutta probabilità avevano fatto i genitori, e i nonni, e chi c'era stato prima, sempre faticando, sempre in silenzio, spalla a spalla con le stagioni che, cambiando, cambiano gli impegni e gli obblighi, dettano le mansioni e persino i pasti. Ci sono luoghi, ci sono case, e questa è una di quelle, in cui le parole valgono come un'ammissione di colpevolezza, come a voler dire "se siamo arrivati a parlarci, allora significa che uno dei due è uscito fuori dal seminato, uno dei due ha fatto qualcosa che non andava fatto". Le chiacchiere, insomma, sono il terreno velenoso su cui ci si ritrova dopo un errore. Altrimenti, il silenzio sarebbe bastato, bastato e avanzato.

I coniugi Aimo sono di natura talmente taciturna che con buona probabilità, il giorno del loro matrimonio, alle domande del prete hanno risposto annuendo con la testa. Che pronunciare un sì scontato, un sì che giustamente è atteso da tutti, equivale a sprecarlo. Per questo motivo l'espressione sul loro volto, adesso che sono chiamati a rispondere alle stesse domande che Telesca ha già rivolto loro in ben due distinte occasioni, somiglia all'espressione di un innocente a cui viene estorta una confessione falsa dopo ore e ore di tortura. I volti di queste due persone dall'età indefinita, piccoli, leggermente ovali, involontariamente sprovvisti di alcuna identità sessuale, non volendo mostrare l'enorme fastidio provocato dalla presenza del Pinguino e di Raviola, assumono un'indifferenza suprema: la cornetta di un telefono in bachelite dimostrerebbe un ventaglio di emozioni maggiori.

«L'abbiamo già detto alla sua collega» è la risposta utilizzata in prima battuta per qualsiasi domanda. Come a dire "ve lo abbiamo già detto, se foste stati attenti non ci troveremmo qui".

"Qui" significa un salotto caldissimo che odora di cavoli e patate bollite, con i muri decorati dal legno scuro e il legno scuro vivacizzato dalle immagini ultracolorate dei santi. Il televisore è acceso ma il volume è inesistente. Nessun caffè e nessun bicchiere d'acqua sono stati proposti ai due visitatori. Alla richiesta del Pinguino di far entrare Gilda gildina in casa gli è stato risposto di no, perché «le case sono per le persone e basta». E adesso i quattro si fronteggiano in piedi.

«Lo so» dice ogni volta il Pinguino. «Lo so che l'avete già detto alla mia collega.»

«E allora, brigadiere» ribatte immancabilmente il signor Aimo.

«Commissario» lo corregge altrettanto immancabilmente Raviola.

«Commissario, scusi, ma se lo sa, se lo sa che l'abbiamo già detto alla sua collega, perché ce lo chiede di nuovo?»

Nel mentre la signora Aimo spalleggia il marito limitandosi ad annuire, dolorosamente, come fosse costretta a testimoniare l'ennesima blasfemia di un miscredente che nemmeno davanti ai miracoli di Cristo trova la forza per ravvedersi.

«Glielo chiedo di nuovo, abusando della vostra gentilezza, me ne rendo conto» dice il Pinguino. «Perché, me lo insegnate voi, le cose che si vedono senza interesse, le cose che capitano sulla strada o nei dintorni, sono le più facili da ricordare male.»

«Io e mia moglie abbiamo una memoria di ferro. E occhi buoni, e pure le orecchie funzionano a dovere.»

«Meglio così. Meglio così. Almeno io posso essere sicuro che quando mi dite che Rufus Blom, voi due, da queste parti non l'avevate mai visto prima, ne siete assolutamente certi.»

«E se non l'abbiamo visto io e mia moglie, commissario, significa che da queste parti, quel signore, non c'è mai venuto prima.»

«Almeno di giorno» interviene la signora Aimo.

«Certo» concede il marito. «Certo, almeno di giorno. Perché la sera, be', la sera è un'altra faccenda.»

«Una faccenda da buoni a nulla e malintenzionati» dice il Pinguino incassando un primo, tiepido sorriso d'approvazione da parte degli Aimo. «E invece, ditemi un po', invece una ragazza bionda, appariscente, da queste parti l'avete mai vista?»

«Una ragazza alta, vestita da corsa?» domanda il signor Aimo.

«Sì» dice il Pinguino. «Una ragazza bionda, alta e vestita per andare a correre.»

«Buona quella» dice la signora Aimo voltandosi da un'altra parte.

«Quindi l'avete vista?» domanda il Pinguino.

I coniugi Aimo annuiscono.

«Spesso?» domanda il Pinguino.

«Nell'ultimo mese più o meno tutti i giorni» dice il signor Aimo. «Passa da qui correndo.»

«E poi si ferma alla fontana» continua la signora Aimo con la faccia disgustata, come se stesse mangiando cicoria amara. «E si mette in certe posizioni, e fa certi versi che io mi chiedo come fa a non vergognarsi.»

«Che versi, che posizioni?» domanda il Pinguino.

«Si piega in avanti» dice la signora Aimo sempre più disgustata. «E sta così, col sedere per aria come le gatte in calore, e poi muove le braccia, e poi respira così forte che la sento fino a qua.»

«Insomma fa ginnastica» dice il Pinguino.

«Se lei la chiama ginnastica. Comunque con tutta la terra che ha la villa di suo marito, potrebbe anche farsele a casa quelle robe lì.»

«Assolutamente, signora, non ci piove che certe robe sconvenienti uno dovrebbe farle a casa propria. Specialmente una donna.»

«Con il sedere per aria, come le gatte in calore...» borbotta la signora Aimo.

Raviola si fionda alla finestra facendo finta di controllare il cielo, ma in realtà tiene lo sguardo fisso sulla famosa fontana, con le dita nervose che si stirano il colletto della camicia e il cuore che trabocca di speranza: il sedere di Rose Bellamy per aria come una gatta in calore, il suo paradiso, o almeno i dintorni del paradiso.

Ma la strada è vuota.

«Da qui non passano tante macchine, dico bene?» domanda il Pinguino rivolto al signor Aimo.

«Giusto quelle di chi ci abita, perché più in su la strada finisce prima di congiungersi con quella principale. E poi, certo, ogni tanto qualcuno che si è perso. Ma ormai capita di rado.»

«E certo. Con i cellulari e i navigatori la gente si perde di meno, certo che sì. E invece, tornando alla bionda che fa i versi alla fontana, non è che qualche volta l'avete vista in compagnia di qualcuno?»

«Correva sempre da sola» dice il signor Aimo.

«Correre, correva da sola» interviene sua moglie. «Però un paio di volte dalla fontana l'ha raggiunta uno, con un macchinone.»

«Un'Audi?» domanda il Pinguino.

«Un macchinone. Il nome non lo so» taglia corto la signora Aimo.

«Al volante c'era uno di qui? Lei l'ha mica riconosciuto?»

«No, aveva sempre uno sciarpone enorme, e poi un cappello. La faccia non si vedeva.»

Macchinoni, cappelli, sciarpe, un Carnevale triste, riflette il Pinguino, un Carnevale fuori stagione. Un Carnevale di morte.

«E da come si comportava» domanda il Pinguino, «le sembrava che la ragazza lo conoscesse?»

«Eh, speriamo di sì.»

«Speriamo di sì?» domanda il Pinguino.

«Speriamo che quella non baci gli sconosciuti» risponde la signora Aimo.

«Ah, perché, i due si baciavano?»

«Mi pare» dice la donna guardandosi la punta delle scarpe. «Poi, certo, io mi facevo i fatti miei, mica stavo a spiare. Però sì, un paio di volte li ho visti che si baciavano. Magari era il marito, magari. Ma non credo.»

«E perché dice così, se l'uomo non l'ha visto in faccia?»

«Perché questo col cappello era più basso della ragazza, mentre il marito, che io una volta loro due li ho visti passeggiare, a Mondovì, il marito è più alto di lei e quindi...»

Dunque Rose ha un amante. Ed è lei di norma a passare da queste parti. Forse, quindi, il cadavere di Polly è stato inavvertitamente trovato da Rufus, quando la vera destinataria era lei, era Rose. Perché i due coniugi con cui discute il Pinguino sicuramente non sono gli unici ad averla notata. Queste sono zone in cui una come lei non la si nota soltanto, ma la si racconta, la si discute. E se la persona che aveva in mente di farle trovare il cadavere sapeva di questa sua routine quotidiana le motivazioni erano due: o qualcuno gliene aveva parlato, oppure l'aveva spiata, per più giorni, e infine aveva capito di poter contare sul suo passaggio. Ma il miscuglio tra ottimi vini rossi e troppi gin tonic, in aggiunta al passaggio inavvertito di Blom, avevano finito col cambiare il destinatario. Però la domanda resta: perché farle trovare il corpo senza vita di una donna con il cognome di Blom e una svastica dipinti sulla schiena? Per spaventarla, per minacciarla? E perché Rose non ha detto nulla alla polizia? O lei ha qualcosa da nascondere, qualcosa di talmente grave da spingerla a sfidare un pericolo incombente, oppure è convinta che il suo silenzio possa proteggere qualcuno, magari Blom, magari persino l'amante. Già, l'amante, riflette infine il Pinguino, ci mancava anche quello. Un altro tassello vuoto che bisogna riempire.

spogliarello
falda di cappello
pettegola
ultima regola

18

Piccola città antica, Piemonte

Mariù. Ecco come si chiamava la ragazzina per cui lo storpio si è fatto la galera. Ma la persona che davvero l'ha fatta scomparire è un'altra. Lo storpio ha aiutato, ha fatto il lavoro sporco, come sempre. Però a uccidere quella povera ragazzina furono altri uomini. Persone che si divertono a possedere e uccidere altre persone, come certi fanno con le bestie, persone che girano con sciarpe voluminose e cappelli in grado di far ombra, di celare i volti. Persone che guidano macchine costose e luccicanti. Il Notaio li disprezza. Anche lui possiede, naturalmente, e anche lui uccide. Ma la gente posseduta, la gente uccisa, lui non la incontra mai. E se la incontra, sotto i portici, in pasticceria, porge i suoi più cari saluti. Perché il potere, il vero potere, non appartiene al cacciatore che preme il grilletto dopo aver sudato dietro alla preda, ma è quello del dominatore a cui la preda si concede volontariamente, e senza la minima consapevolezza di essere tale. Il puro e indiscusso dominio sugli altri deve possedere la naturalezza delle stagioni, lo stesso procedere incurante, imperioso e inevitabile. Se i meccanismi della sopraffazione appaiono evidenti, facilmente leggibili da chiunque, significa che essi sono di natura scadente, raffazzonata. Perché basta un niente affinché il cacciatore venga obbligato a cambiare ruolo e si trasformi in preda.

La cattedrale è gelida. Gli stucchi dorati, le panche di legno scuro, i marmi, gli affreschi, gli stemmi araldici, persino le candele, tutto sembra essere composto di ghiaccio. Il Notaio cammina nudo, ha una benda sugli occhi. Conosce così bene questo luogo che la vista non gli serve. Ha bisogno di chiarezza e pace, e nulla, nulla può aiutarlo quanto il gelo che dalle piante dei piedi si irradia nel resto del corpo come un'esplosione leggera e capillare. I suoi fratelli lo osservano in silenzio. Indossano guanti di pelle candida e dentro le mani stringono pugnali affilati. Le lame sono vergini, pure, possiedono al loro interno tutte le possibilità del mondo. Per questo, nonostante la cattedrale sia buia e cupa, loro godono di una luce particolare: i pugnali sono chiamati a riflettere la luce delle candele, il loro fiato dorato e tremolante. Chi non trema, invece, è proprio lui, il Notaio. In un'epoca governata dalla confusione, in cui tutti sembrano bearsi dei propri dubbi come fossero terreni fertili, lui ha scelto la solidità più implacabile. La ragione è dalla sua parte, in modo completo e assoluto, senza sbavature. Il mondo è un mosaico smisurato e ogni singolo elemento possiede una propria collocazione, non riuscire a trovarla, illudersi che la colpa sia del mosaico e non di chi dovrebbe completarlo è la consolazione degli sciocchi, dei pavidi, dei codardi che pur dinanzi al vuoto che essi stessi hanno creato preferiscono la tiepida infelicità alla follia assoluta: secondo il Notaio meritano la vita esclusivamente coloro i quali sanno governarla, chi non ci riesce ha il dovere di soccombere o di impazzire.

«Fratello» una voce raggiunge il Notaio. «Sei consapevole dell'appetito del burrone?»

«Lo sono» dice il Notaio continuando a camminare molto lentamente.

«Fratello» un'altra voce. «Assumi la responsabilità nella gestione dei piccoli roghi appiccati dai piccoli idioti?»

«Indosso la responsabilità come fosse il cappotto di un morto adorato» risponde il Notaio. «Con gratitudine e consapevolezza.»

«Il tempo ci ostacola» un'altra voce.

«Ma noi sappiamo uscire fuori dal tempo» dice il Notaio arrivando quasi alla fine della lunga navata centrale.

«La vita spinge verso la morte» un'altra voce ancora.

«Ma noi sappiamo vivere la morte» dice il Notaio fermandosi davanti all'altare.

«L'amore è uno spazio» la voce più anziana di tutte.

«L'odio è uno spazio» risponde il Notaio aprendo la bocca e ricevendo un'ostia nera.

«E noi ci incontriamo in questi luoghi per respirare entrambi i veleni» dice la voce anziana. «Fino a rendere l'amore e l'odio un'unica cosa.»

A questo punto, terminato il rituale, il vecchio che

ha offerto l'ostia al Notaio si china verso di lui e gli sussurra qualcosa all'orecchio. La voce è talmente sottile e fragile che le parole non fanno in tempo a formarsi e già l'aria le sbriciola e le disperde. Ma il Notaio sa bene che si è trattato di una preghiera, una preghiera accorata. Nessuno di loro ha intenzione di sporcarsi a causa delle azioni dei loro fratellini idioti. Che si credono adulti continuando a sbagliare da ragazzini. E visto che sono i ragazzini del Notaio, è lui che deve rispondere delle loro azioni. Per questo motivo è nudo, avvolto dal gelo, per questo motivo è importante che non tremi, perché soltanto la calma assoluta attesta una piena e completa accettazione dei rischi e delle responsabilità. A un orecchio profano, le fragili parole del vecchio sarebbero risuonate più simili a una minaccia che a una preghiera, ma il Notaio sa bene che le minacce, specialmente le minacce di morte, in fondo, altro non sono se non preghiere pronunciate con una forte intensità. Con un bisogno che svela un fondo di debolezza, di paura. Il Notaio non ha paura. Si sente fuori dal tempo, sa di poter vivere la morte e la vita senza avvertire alcuna differenza.

19

Clavesana, Piemonte

«Ma, commissario, si fidi, il Bianconiglio non esiste più da anni.»

«Guidi, Raviola, guidi senza preoccupazioni. Che tutto o quasi quel che è esistito ha la condanna di lasciare tracce. E io, spesso, me le faccio bastare.»

Una strada stretta, circondata dalle vigne. Un palo della luce, sbilenco, tutto storto su di un lato come un ubriaco instabile ma cocciuto. Poche case, tutte simili tra loro, modeste, curate. Tutte eccetto una, l'ultima. La casa che sorge in prossimità del punto in cui la strada asfaltata diventa sterrata ha i muri scrostati, una parte del tetto sembra aver ceduto, e la terra dove normalmente ci si aspetterebbe un orto, o anche soltanto un prato, somiglia a uno sfasciacarrozze. Ma un tipo particolare, e raro, di sfasciacarrozze, perché al posto delle macchine incidentate e delle anonime lamiere che ci si aspetta di trovare in qualsiasi sfasciacarrozze, dietro a quest'ultima casa sono ammassati detriti molto particolari, ancora coloratissimi nonostante la ruggine.

Sono i resti del circo che un tempo prendeva il nome di Bianconiglio. Dalla matassa informe di tessuto blu colorato di stelle dorate sbuca il collo e il muso di una giraffa metallica, circondata dai resti delle gabbie che contenevano le bestie feroci, con le sbarre non più unite tra loro ma sparpagliate, come si trattasse di matite con cui un bambino gigante ha giocato, fregandosene poi di rimetterle al loro posto. E sempre lì attaccato, ecco un finto cannone, ecco un sagomato di legno dentro il quale era possibile per una coppia infilare i propri volti e diventare, il tempo di una foto, due marinai forzuti e tatuatissimi, e poi ancora corde, e funi e assi di legno, e maschere, che l'abbandono ha reso sbiadite, spettrali, e poi ancora brandelli di costumi di scena, paillettes sbriciolate, bulloni arrugginiti, voliere fatte a pezzi, mantelle macchiate dagli acidi di voluminose batterie fatiscenti.

«Se non glielo metto le vengono i reumatismi» dice il Pinguino, che si sente in dovere di giustificare il cappottino azzurro puffo dentro cui ha costretto Gilda gildina. «La devo proteggere dalla pioggia.» Ma Raviola se ne frega altamente, è deluso, Raviola, perché dava per scontato che sarebbero andati da Rose Bellamy. Dalla sua Rose Bellamy. E invece no. Visto che la bella Rose è andata a Torino a fare compere, e visto che tornerà soltanto nel tardo pomeriggio, invece di ritrovarsi davanti a quel capolavoro in carne, ossa e profumi, eccoli qui, nel nulla, a contemplare quel che resta di un circo di cui nessuno sente la mancanza.

Il Pinguino incurante della pioggia battente esce

dalla macchina e si incammina verso la casa malandata. Bussa alla porta e aspetta. Aspetta che qualcuno risponda e che Raviola lo raggiunga. La risposta non arriva. Ma Raviola sì, coperto sotto un ombrello enorme.

«Comunque faceva cagare 'sto circo» dice Raviola. «Mi ci avevano portato da ragazzino. Le bestie sembravano uscite da un campo di concentramento, magre magre, mettevano tristezza con tutte quelle ossa di fuori. Pure la donna cannone era magra.»

«La mia signora era un'artista» una voce alle loro spalle, «non un fenomeno da baraccone.»

Il Pinguino e Raviola si voltano di scatto e si ritrovano davanti un uomo basso e tondo, dalla pancia voluminosa, con un paio di baffi da gatto, lunghi e sottili, e un grosso cappello nero di pelle. L'uomo sta dando un pezzo di pane secco a Gilda gildina, che scodinzola felice iniziando a sgranocchiare.

«Buongiorno, signor Ciaciera» dice il Pinguino. «Io sono il commissario Bova, e questo è il mio vice, Raviola. Dovremmo farle un paio di domande, se non le dispiace.»

Rodolfo Ciaciera sbuffa e si infila tra i due agenti, prontamente seguito da Gilda che fiuta altro pane secco, e infila la chiave nella toppa.

«Tutto mi dà fastidio e quindi mi devo far andare bene tutto il fastidio del mondo» dice il padrone di casa aprendo la porta. «Tanto vale fare in fretta.»

Se fuori pioveva a dirotto, in casa pioviggina. Il soffitto di legno sembra piuttosto fatto di qualche materiale solubile, sabbia, zucchero di canna, almeno a giudicare dalla facilità con cui la pioggia si infiltra tra le tegole rotte per poi colare sui muri o lanciarsi nel vuoto, prontamente raccolta dentro pentole, padelle e piatti che formano loro malgrado una specie di strumento a percussioni. Lo xilofono della miseria.

«Non ho caffè e l'acqua del rubinetto sa di metallo arrugginito» dice Rodolfo Ciaciera facendo accomodare i due ospiti indesiderati in cucina. «Io mi bevo una grappa. Gradite?»

«Volentieri» dice il Pinguino.

«No, no, grazie» dice Raviola, meritandosi uno sguardo di disapprovazione da Ciaciera.

«Se ne intende poco di circhi, lei, e con tutta evidenza anche di bevande» dice Ciaciera rivolto a Raviola mentre serve da bere a se stesso e al commissario. «Se siete venuti per dirmi di ripulire il giardino avete sprecato benzina e tempo, perché io nella mia terra ci faccio quello che voglio. E se mi gira di coltivare ruggine, è o non è un mio diritto farlo?»

«Immagino di sì, signor Ciaciera» dice il Pinguino.

«Rodolfo, commissario, Rodolfo.»

«Non siamo qui per discutere del suo giardino, Rodolfo, ma per farle un paio di domande riguardo a una persona che lavorava per lei, quando ancora esisteva il Bianconiglio, il suo circo.»

«Il Bianconiglio esiste ancora» dice Rodolfo versando la seconda grappa per entrambi. «Si tratta di una pausa temporanea, ma riaprirà, riaprirà più bello che mai.»

«Ne deduco che lei sia rimasto in contatto con i suoi vecchi dipendenti, dico bene?»

«Marmaglia» sbraita Rodolfo dopo aver bevuto alla goccia il secondo grappino. «Un colossale spreco di vene, ecco chi erano quei furfanti a cui ho dato da vivere per anni. Anni! Gente a cui ho insegnato un mestiere, e loro come mi hanno ripagato? Alle prime difficoltà mi hanno voltato le spalle, ecco come. Cani ingrati. No, no, me ne troverò di nuovi, giovani, più bravi, veri artisti, non avanzi di galera.»

«E tra tutti questi cani ingrati, possibile che ci fosse anche un nano?»

«Lo storpio? Franco, Franchino, il peggiore di tutti.»

«Perché il peggiore?» domanda Raviola, che di tanto in tanto ritrova il bisogno di differenziarsi dai pesci rossi e pronunciare qualche parola.

«Perché? E me lo chiede? Ma non siete sbirri voi? Franchino era uno psicopatico, ecco perché dico che era il peggiore. E lo sarà ancora, cattivo e infame, ovunque si trovi. L'ultima volta che ne ho sentito parlare l'avevano arrestato.»

«Si ricorda il cognome?»

«Di Franchino? Certo. Barbano, Franchino Barbano, ecco come si chiama quella faccia di merda.»

«Mi scusi, Rodolfo» interviene il Pinguino. «Ma perché lo teneva a lavorare per lei se le faceva così schifo come persona?»

«Perché mi ricattava, il merda. Io ho sempre avuto un debole per le femmine, capite, e quello mi aveva fatto delle foto, delle foto un po' compromettenti, e così mi teneva per le palle, perché se mai l'avessi licenziato, lui le avrebbe fatte avere alla mia signora, pace all'anima sua.»

«E non è che per caso sa dove lo potremmo trovare?»

«Spero al cimitero. Ma visto che l'erba cattiva, lo sappiamo, è l'ultima a morire, non mi stupirei se usasse ancora quella sua vecchia baracca, sempre che nel frattempo non sia crollata. Come mi auguro.»

«E dove la troviamo questa baracca?» chiede Raviola.

«Eh, come faccio a spiegarvelo, è un po' nel mezzo del nulla» risponde Rodolfo.

«Sono suoi i disegni appesi alle pareti?» domanda il Pinguino.

«Tutti fatti da me» dice il padrone di casa molto fiero di sé.

«Lei ha una mano incredibile, Rodolfo» dice il Pinguino mettendogli davanti un foglio di carta e una matita. «E allora ci disegni una mappa per trovare la baracca di Franchino, e io, in cambio, le prometto che per un bel po' nessuno verrà a darle noia per il suo giardino di ruggine.»

allucinazione
donna cannone
cupa giornata
grappa barricata

20

Villa Blom, Rocca Cigliè, Piemonte

Rufus Blom si è appena concesso un massaggio tailandese e adesso si gode un frullato di fragoline di bosco. La temperatura nel suo salotto è perfetta, tarata sul benessere termico offerto dalla piena primavera in Provenza; la vista è meravigliosa, le colline sono dolci, soffuse in una pioggerella leggera, coperte dall'erba che sorseggia felice la pioggia illuminando l'aria con un fraseggio di verdi più o meno intensi, più o meno tendenti al marrone o al viola, o al giallo. Le vigne riposano dopo le fatiche recenti della vendemmia. Le bestie si nascondono nel fitto del fogliame. Le nubi tremano leggermente, imponenti come lottatrici di sumo.

Rufus sa che tra poco Rose tornerà a casa, e che come prima cosa proverà davanti a lui i vestiti comprati a Torino. C'è un punto vicino al collo di Rose, c'è un punto tra il collo e la spalla di Rose in cui Rufus Blom adora posizionare il proprio bacio, proprio come si posiziona la carta vincente sopra il panno da gioco, con una precisione sinuosa, non pedante ma voluttuosa. Il primo bacio è quello che apre la via agli altri, più frettolosi, più maldestri, ma non di meno necessari. Lei, avvertendolo respirare con un affanno crescente, farà scivolare il vestito sul pavimento con la stessa naturalezza con cui le foglie si lasciano spogliare dall'autunno, e resterà immobile, nuda e immobile, in attesa che lui, dopo il collo, le spalle e il seno, arrivi a baciarle le labbra: e quando lui lo farà, perché lui lo farà, lei allora socchiuderà gli occhi, come fossero porte lasciate volutamente accostate in modo da agevolare le intrusioni dell'amato. E Rufus, come ogni volta, avvicinerà le proprie mani alla sua schiena con una certa lentezza, come si fa con la fiamma quando è al tempo stesso intensa e fragile e si teme che un gesto maldestro possa rischiare d'ingolfarla, di spegnerla. Rufus è convinto che la bellezza non sia un'immagine, bensì un meccanismo, un meccanismo composto da una successione di minuscole vertigini pigiate le une contro le altre e ricoperte dal suono e dall'odore, e dall'aspetto della sua futura moglie: neve e miele verde, la sua Rose, verde acqua e grano, smeraldo e pietra di fiume, un insieme di paesaggi e azioni che messi assieme creano un gusto, un sapore di frutta quasi matura e quasi acerba, con una nota di legno, nel centro, e un retrogusto dolce che diventa speziato a mano a mano che il battito cardiaco aumenta.

Ma Rufus Blom, che in questi piaceri sensoriali ha imparato a trovare l'antidoto contro quella strisciante forma di depressione che nessuna terapia mai prima era riuscita a contrastare, oggi, pur pregustandoli, pur essendo in grado di anticiparli nella propria mente con grande intensità, non riesce a provare alcun piacere. Al contrario, Rufus sta male. Sa che a pochi giorni dal proprio matrimonio sarebbe più che normale sentirsi nervosi, agitati, ma lui non è nervoso o agitato, lui si sente uno schifo. Pur seguendo un'alimentazione che tiene conto delle sue intolleranze alimentari, vere o presunte, pur praticando sport e concedendosi sessioni di massaggi e agopuntura, Rufus avverte un senso costante di malessere, di spossatezza. Da quando si è trovato davanti il corpo senza vita di Polly Levi è come se quella visione di morte l'avesse contaminato, come se fosse riuscita a inocularle qualche strano germe senza nome. Ha provato a farsi aiutare, ha convocato il suo personal trainer di fiducia che si è portato appresso uno sciamano colombiano da cui si è fatto tatuare dei simboli propiziatori; nulla, continua a sentirsi uno schifo e continua a costringersi a non darlo troppo a vedere. Per fortuna almeno la febbre è passata. Non la stanchezza, però, e nemmeno il costante, assurdo ma inequivocabile senso di colpa: perché è vero, lui non conosceva Polly Levi e tanto meno quel suo amico psicopatico, ma lei, loro erano convinti di conoscere lui. Il suo amico, o fidanzato, quel gigante l'aveva già affrontato in un paio di occasioni, lui l'aveva accusato di aver fatto fruttare i soldi di suo nonno, soldi maledetti, sporchi di sangue, soldi che suo nonno aveva rubato agli ebrei promettendo loro la salvezza e infine tradendoli senza alcuno scrupolo: tra le persone prima derubate e poi infilate nei treni della morte alla volta dei campi di concentramento c'erano anche i familiari del gigante psicopatico. L'unica che riuscì a salvarsi fu sua mamma. Quando il gigante gli raccontò questa storia orribile, Rufus, perfettamente consapevole dei trascorsi di suo nonno, ma al tempo stesso convinto di non aver alcuna responsabilità al riguardo, si disse genuinamente dispiaciuto e gli spiegò che già suo padre si decise a tagliare i ponti con suo nonno, proprio a causa dei suoi trascorsi da nazista.

«Lui sì» gli aveva risposto il gigante a muso duro, «ma tu no.» Come facesse quel tizio improbabile a conoscere i dettagli più segreti della sua vita per Rufus rappresentava un mistero e uno choc: nessuno sapeva che a seguito della morte dei suoi genitori fu proprio il nonno dai trascorsi nazisti a prendersi cura di lui. Nemmeno Rose ne era a conoscenza. Rufus aveva lavorato duramente affinché non restasse traccia del suo legame con il nonno, perché, molto semplicemente, molto dolorosamente, a suo nonno doveva molto di più dei soldi sporchi di sangue. Doveva tutto. Fu suo nonno a inserirlo nell'ambiente in cui il talento di Rufus avrebbe trovato modo di esprimersi, un ambiente naturalmente facoltoso, altolocato e ancora in tutto e per tutto legato alle teorie politiche amate e servite per tutta la vita da Blom senior. Rufus Blom non è mai stato un nazista o un neonazista, si è semplicemente limitato a sfruttare l'ambiente che si era ritrovato attorno. In principio temendolo, e in seguito per puro calcolo. Sino a quando quell'ambiente non gli sembrò soltanto inutile ma persino dannoso. Fu allora che decise di riscrivere la propria giovinezza. Per riuscirci stabilì un patto con i precedenti sodali, loro non avrebbero mai menzionato i loro trascorsi, e lui in cambio avrebbe continuato a sovvenzionare alcune delle loro iniziative. Il gigante e Polly Levi in qualche modo erano riusciti a entrare in possesso di queste informazioni e, Rufus Blom lo scoprì con grande, grandissimo dolore, non erano nemmeno intenzionati a ricattarlo. Molto, molto peggio, perché un ricatto, per quanto spiacevole, se si possiedono i mezzi in fondo basta gestirlo, basta pagarlo. Ma loro volevano più dei soldi, volevano che lui, Rufus, ammettesse i propri trascorsi e facesse i nomi degli insospettabili che tra Svizzera e Germania continuavano a tessere le identiche tele malsane iniziate da suo nonno molti decenni prima. Questa richiesta, per Rufus Blom, era assolutamente inaccettabile. Per quanto il suo impero economico sia florido, nessuno, nemmeno lui, può permettersi certe ammissioni nell'epoca della comunicazione: un'ammissione di colpevolezza così tardiva, così infamante, gli sarebbe costata un numero difficile da prevedere di contratti annullati per giusta causa, problemi d'immagine a non finire, e avrebbe tra le altre cose affossato anche la carriera della sua futura moglie, carriera a cui lei tiene moltissimo. Rufus allora ha provato a persuadere il gigante, gli ha nuovamente proposto un'ingente somma di denaro, questa volta però facendogli notare come con quello stesso denaro lui avrebbe potuto compiere azioni positive, azioni in grado di aiutare coloro i quali avevano pagato, o pagavano, in quel preciso momento le conseguenze delle azioni malevoli a cui lui stesso, pur senza condividerne gli ideali, aveva partecipato.

«Fottiteli i tuoi soldi di merda» aveva detto il gigante prima di sputargli addosso. «Io voglio che tu ci metta la tua faccia, il tuo bel nome. Hai due settimane di tempo per fare qualcosa. Se scopro che te ne sei andato dalle Langhe ti rovino.»

Il gigante non aveva spiegato come l'avrebbe rovinato. E Rufus Blom decise di non credergli. Lui e Polly avevano ottenuto informazioni in teoria impossibili da ottenere, questo è innegabile, ma non potevano aver anche raccolto prove al riguardo, perché tutte le prove le possedeva lui stesso, Rufus. Erano nascoste in un'impenetrabile cassetta di sicurezza svizzera. Quello del gigante era un bluff. E il semplice fatto che lui fosse tornato altre due volte a minacciarlo valeva come conferma: chi ripete più volte la stessa minaccia, di norma, non ha la possibilità di portarla a termine.

Rufus era quindi convinto che si trattasse di un affare spiacevole, spiacevole e inspiegabile, ma che poteva e doveva considerarsi archiviato. Proprio quando Rufus Blom si decise a credere all'archiviazione, ecco il cadavere di Polly Levi. Ecco il cadavere di Polly Levi con il suo nome scritto sulla schiena, come se quella ragazza fosse poco più o poco meno di un foglietto di carta su cui trascrivere un appunto frettoloso, una lista della spesa parziale. Anzi, peggio, una minaccia. Perché oltre al nome della sua famiglia c'era anche quella svastica, e di svastiche ne erano già state dipinte un paio fuori dalle mura di casa sua. Lui aveva pensato a una ragazzata. Ma adesso, con un morto di mezzo, era chiaro che si trattava di gente pericolosa. Ma chi era che lo minacciava? Rufus faticava a credere che l'assassino potesse essere il gigante stesso. Non si spiegava le ragioni di un gesto tanto efferato, ma al tempo stesso non sempre c'è una ragione, specialmente quando si ha a che fare con persone evidentemente squilibrate. Naturalmente non poteva, non voleva raccontare tutti questi dettagli alla polizia. Sono faccende troppo personali e troppo complesse per darle in mano a dei poliziotti di paese, buoni giusto per ritrovare gatti scomparsi e fare da pacieri tra due cugini in lotta per qualche remoto appezzamento di terra, non certo per affrontare indagini così complesse. Proprio per questo motivo Rufus si è rivolto a un importante investigatore privato. Affinché trovasse e tenesse d'occhio il gigante, sia che fosse o meno l'assassino di Polly Levi o un semplice ricattatore squilibrato. Ma l'investigatore, ex paracadutista, non aveva nemmeno fatto in tempo a mettersi sulle tracce del gigante che, del tutto inaspettatamente, quell'improbabile commissario a forma di pera l'aveva trovato. Però non vivo, morto stecchito. Peggio, morto ammazzato anche lui.

Rufus Blom cerca di distrarsi pensando ancora una volta al corpo di Rose, immaginandone il sapore e il profumo. Una noiosa notifica sul cellulare lo costringe a riaprire gli occhi e ad accorgersi che Rose è in ritardo. Molto in ritardo.

21

Il buio della riva del fiume Tanaro, Piemonte

Peggio di essere uno schiavo, peggio di avere un padrone c'è una cosa sola: averne due. E lui, Franchino, adesso di padroni ne ha persino tre. Uno è morto, ed era l'unico di cui un po' si fidasse. Un altro è pazzo, e Franchino l'ha sempre odiato, anche prima che si inventasse quest'ultimo disastro. Il terzo padrone, invece, è talmente importante che nessuno può nemmeno vederlo in faccia. Il Notaio, così lo chiamano quei pochi che sono così stupidi da chiamarlo. È stato lui in persona a fargli arrivare l'ordine di ammazzare l'amico della ragazza morta, il gigante che viveva nel furgone argentato. Lo stesso gigante che Corrado e l'altro padrone, quello pazzo, lo Sputasentenze, avevano aizzato contro lo svizzero, contro Blom. Anche Franchino aveva partecipato a quella buffonata, a quella buffonata che loro, i padroni, definivano "campagna di diffamazione". Ma Franchino in cuor suo aveva continuato a chiamarla buffonata. Che altro nome puoi dargli alle svastiche che aveva dovuto dipingere con la bomboletta fuori dalla proprietà di Blom? E il messaggio che gli avevano chiesto di far trovare alla bionda, alla futura signora Blom? Quella storia assurda con di mezzo i nazisti? Buffonate, così si chiamano, roba da ragazzini, roba da ragazzini viziati e scemi.

Franchino, poi, lui l'aveva immaginato subito che quella storia del cadavere buttato a bordo strada, il piano geniale dello Sputasentenze, era una pessima idea. Aveva capito subito che non era stata concordata con i veri capi, quelli che non si possono vedere in faccia, quelli come il Notaio. Loro non l'avrebbero mai consentito. Quella è gente che se ha voglia fa piovere, e se ha freddo cava fuori l'afa pure dal ghiaccio, ma stronzate così non le permetterebbe mai. Però Corrado gli aveva detto di farlo, e lui, Franchino, a Corrado non poteva dirgli di no. Perché Corrado oltre al Circolo è uno che fa affari coi calabresi, e quelli se possibile a Franchino gli mettono persino più paura degli altri. Quella è gente che ti dà in pasto ai maiali, quella è gente che se ti dice che un pezzo di terra è dolce come il torrone, è meglio se mangi e ringrazi e ti affretti a dire che è proprio buona la terra.

Ma nonostante tutto Franchino lo sapeva, se lo sentiva fin dentro le ossa storte che era una pessima idea. Perché i corpi vanno nascosti. Punto. I corpi vanno ficcati dentro le buche, nelle grotte, nelle cave abbandonate. Non vanno usati come fossero carta da lettere. Ma lo Sputasentenze no, lui vuol fare sempre l'originale. Troppo preso a blaterare le sue perle di saggezza, il coglione, per rendersi conto che stava esagerando, che ci sarebbero state delle conseguenze. Anche Corrado sembrava poco convinto del piano dello Sputasentenze, ma visto che nel Circolo Corrado ci era riuscito a entrare grazie a lui, e dunque gli doveva riconoscenza, ecco che i padroni di Franchino da uno erano diventati due. E lo Sputasentenze si è da subito dimostrato instancabile, una instancabile pressa sulle palle. Franchino fai questo, Franchino brucia quello, Franchino nascondi, Franchino sotterra. Come una marionetta. Così si sente Franchino, come una marionetta difettosa. Che poi quella ragazza, quella che gli hanno fatto mettere per strada, nemmeno sarebbe dovuta morire. Era giusto una di quelle che Corrado e lo Sputasentenze trovano in giro, una di quelle che partecipano alle loro festicciole pensando che siano dei rituali magici, che invece, se vai a togliere le tuniche e gli incensi e le litanie, alla fine non sono mica tanto diversi da una semplice chiavata all'aperto. Ma guai a farglielo notare, specialmente allo Sputasentenze, guai! Quello si crede davvero un genio, un mago, un maestro. E poi, però, ecco che finisce che il laccio che lui stesso ha preparato è troppo corto, e invece di simulare un'impiccagione, il collo della ragazza si spezza per davvero, e un'orgia nel bosco finisce che diventa un omicidio. E l'inglese non è mica la prima, no, figuriamoci, manco per sogno. Ce ne sono state altre prima. E chi si deve preoccupare delle conseguenze? Franchino, chi altro? Lui che pulisce, lui che brucia, lui che si fa la galera se le cose si mettono male.

Ma questa volta, riflette Franchino camminando nel

buio della campagna, a bordo fiume, questa volta le cose stanno andando persino peggio. Non era mai successo prima che il Notaio lo facesse chiamare. Franchino lo sapeva che sopra a tutti ci sta lui, il Notaio. Ma l'aveva sempre immaginato come una presenza indistinta, non uno che alza il telefono e comanda, Franchino l'aveva sempre immaginato come qualcosa che sta più in alto dei monti, il Notaio. Uno che a confronto Corrado e lo Sputasentenze sono meno dello sputo sul pavimento di una balera pronta per essere demolita. E quando tu sei uno come Franchino, una bestia da soma, e vieni fatto chiamare dal Notaio, è molto probabile che il giorno in cui tirerai le cuoia si sta avvicinando bello veloce. Al galoppo. E Franchino, mentre dà schiaffi e pugni agli arbusti con l'unica mano libera, nonostante tutto non ha voglia di tirare le cuoia. La vita con lui è stata sempre infame, ma almeno c'è, almeno è qualcosa. E dopo, invece? Chi te lo dice che ci sarà dopo? I preti, per quelli come Franchino, parlano di inferno. Va bene, l'inferno, ma che forma ha? Troppe incognite. Meglio questo, di inferno, decide Franchino, che almeno lo conosco e un po' mi ci so orientare.

Il Notaio gli ha fatto recapitare degli ordini. Il primo era quello di far fuori il gigante dentro il furgone. E lui l'ha fatto. Per poco non si fa arrestare, ma quel poco è bastato ed è ciò che conta. Il secondo ordine consisteva nel far sparire un corpo. E Franchino ha eseguito anche il secondo compito, in silenzio, senza fare domande. Però mai si sarebbe aspettato che il corpo da far sparire potesse essere quello di Corrado. Perché l'avevano ammazzato? E in quel modo poi, con la gola tagliata e un pezzo di faccia staccata via. Franchino aveva subito immaginato che la storia del cadavere lasciato a bordo strada c'entrasse qualcosa. Ma allora perché a lui non gli facevano niente? Me lo faranno dopo, concluse Franchino amareggiato, me lo faranno dopo che avrò servito. Perché gli ultimi saranno i primi, lo dice la Bibbia, ma dimentica di aggiungere che gli ultimi saranno i primi solo perché i veri primi non arrivano mai in anticipo sui propri bagagli. La conferma che la morte di Corrado c'entrasse col piano dello Sputasentenze a Franchino gliel'ha data lo Sputasentenze stesso.

Quando l'ha incontrato faceva lo splendido, come sempre, ma Franchino si è accorto che era tutta scena, che in realtà aveva paura. E poi, anche se quello indossa sempre quelle sciarpe enormi, lui gliel'ha vista comunque la ferita sul collo, come una bruciatura. E le bruciature, Franchino ne aveva sentito parlare da Corrado, sono un marchio di fabbrica del Notaio. Le elargisce come promemoria, il Notaio, perché nulla quanto una marchiatura a fuoco è utile a ricordare i propri errori e i propri padroni. «Un modo infallibile per occupare una posizione di rilievo nel cuore dei sottoposti», così lo Sputasentenze aveva descritto l'abitudine del Notaio a marchiare la gente, quando ancora si credeva intoccabile, il coglione, quando ancora era convinto che quelle leggi valessero soltanto per gli altri. Quest'ultima volta che Franchino l'ha incontrato, lo Sputasentenze rideva di meno, molto di meno. Dava ordini, come sempre, ma il modo di darli era cambiato. Sembrava che gli ordini li pronunciasse come si pronunciano le suppliche. Con un bisogno enorme, più grande della voce stessa. Era disperato. Franchino ha avuto la certezza quando l'ha sentito fargli delle promesse. Delle promesse a lui, a Franchino fai questo, Franchino fai quello, Franchino muoviti. Quando di norma lo Sputasentenze gli ha sempre parlato come una volta i padroni parlavano ai mezzadri, che era lo stesso modo con cui avrebbero parlato alle bestie, se le bestie fossero state capaci di capire qualcosa oltre alle frustate.

Diceva che il suo piano procedeva per il verso giusto, lo Sputasentenze certo ammetteva che c'erano stati degli inconvenienti, ma il succo della faccenda non cambiava. «Per questo tu devi starmi a sentire, Franchino. Per questo devi fidarti di me e di nessun altro. Altrimenti, fidati, altrimenti rischi di fare la fine di Corrado.» E Franchino aveva annuito, naturalmente, aveva annuito come sempre. Ma dentro di sé aveva pensato che se c'era uno che rischiava di finire come Corrado, quello era proprio lui. Inutile farglielo notare. Perché i padroni, anche quando hanno paura, anche quando sono disperati, restano padroni. E la voce di quelli come Franchino, per i padroni, è un po' come se si trasformasse nel verso delle balene, in frequenze troppo alte o troppo basse per le loro orecchie abituate a sentirsi dire soltanto di sì. E quindi Franchino ha fatto quello che andava fatto. Gli ha detto di sì, allo Sputasentenze. Gli ha detto che l'avrebbe aiutato, che sarebbe andato a Torino con lui, per fare "quello che andava fatto". E invece no. Invece Franchino ha fatto quello che il Notaio gli ha detto di fare: si è incamminato verso casa. Pur sapendo che a casa potrebbe esserci una brutta sorpresa, pur sapendo che a casa potrebbe trovare ospiti sgraditi. Ed è proprio per questo che prima di fare come gli è stato detto, ha pensato di passare a prendere un fucile. Perché un nano con la gobba è facile da gestire, ma un nano con la gobba armato di fucile e bravo a sparare al buio, quella è una storia diversa. Una storia dal finale ancora aperto. Più che aperto: spalancato.

22

Gamellona, frazione di Paroldo, Piemonte

cane da caccia
beccaccia
agguato
vino edulcorato

La campagna è buia. I prati e il fango luccicano di quel particolare nero elettrico che segue alla pioggia. Due losche figure sono immobili tra la vegetazione. In attesa. Uno dei due ha una pistola.

A poco più di duecento metri c'è una pista di motocross, e qualcuno la sta utilizzando: per questo motivo i volti dei due loschi figuri in attesa di tanto in tanto vengono illuminati dai fasci luminosi prodotti dalle moto, dense strisce di luce che appaiono e scompaiono a seconda delle acrobazie eseguite dai motociclisti.

Raviola, che dei due loschi figuri è quello armato, ne approfitta per inforcare i soliti occhiali da sole da aviatore o da fascista anni Settanta. Il Pinguino è talmente concentrato a scrutare dentro il binocolo da sembrare in apnea, immobile come una dispensa, come un rivenditore di merendine. Ha lo sguardo rivolto verso una cascina che ha l'aria di essere stata abbandonata da tempo. Una parte del tetto è sventrata, con le tegole sparpagliate per aria come piume di gallina che lottano, e il muro perimetrale è parzialmente crollato. Proprio da questo spiraglio si intuisce come qualcuno abbia costruito qualcosa all'interno della cascina, forse una baracca, più probabilmente una specie di tenda. Qualcosa che somiglia a una versione minuscola e raffazzonata delle tende da circo, tirata su con plastiche e metalli di riuso, che adesso, dopo aver preso la pioggia che si infila dal tetto sventrato, luccicano come cattiva bigiotteria. Tutt'attorno il rumore delle moto produce un lamento simile a quello delle seghe elettriche intente a tagliare alberi di grandi dimensioni, vibrazioni basse e lunghe che esplodono all'improvviso in note acute, distorte.

«Ancora niente?» domanda Raviola.

Il Pinguino serra le mani con forza attorno al binocolo per non strozzare il suo vice, che praticamente dal preciso istante in cui si sono appostati ha deciso di indossare i panni del bimbo annoiato in macchina coi genitori che domanda ogni trenta secondi: «Tra quanto arriviamo?». Assillo a cui lui preferisce un meno fastidioso: «Ancora niente?».

«Allora, commissario? Ancora niente?»

«Non fumare, Raviola.»

«Mi è diventato salutista?»

«La brace, al buio, si vede.»

«Eeeh, vedrai che adesso il nano, oltre che acrobata, è pure un cecchino! Stile Vietnam.»

Telesca e Listeddu sono appostati dal lato opposto della cascina. Ci sono solo due strade che conducono a questo posto, una strada asfaltata, che Telesca e Listeddu dalla loro postazione dovrebbero poter tenere d'occhio, e poi una strada sterrata, che il Pinguino continua a scrutare con il binocolo. Dietro alle spalle degli uomini appostati c'è soltanto il bosco, in questa zona particolarmente fitto e impenetrabile. Il Pinguino scruta ansiosamente la strada e la cascina, maledicendo i fari delle moto che lo abbagliano a intervalli regolari. Non trova nulla d'importante. Nessuna traccia di Franchino Barbano. Soltanto fango e prati, piante inzuppate di pioggia e rumore di motociclette, nient'altro. Franchino Barbano potrebbe essere già scappato altrove. Consigliato da quella stessa paranoia che l'ha spinto a sfuggire all'occhio del drone. Per questo motivo il Pinguino ha lanciato un'allerta. Ma in verità è convinto che Franchino sia ancora qui. Lo immagina legato a queste terre da un vincolo malato e indissolubile, lo stesso vincolo che una volta scontata la pena ce l'ha subito riportato, docile e ubbidiente come un cane da caccia. Come spesso accade, il Pinguino fa bene a fidarsi del proprio intuito, però dimentica un punto importante: i cani da caccia hanno un gran fiuto e non hanno bisogno di seguire strade e sentieri, si buttano ovunque, loro, specialmente dopo aver fiutato una preda.

Quando esplode il colpo, Raviola si accascia immediatamente al suolo. Il Pinguino impiega un istante di troppo per capire cosa sia successo, ma è fortunato, è fortunato perché il secondo sparo gli passa vicino al braccio, molto vicino, ma lo manca. A quel punto il commissario si getta a terra. Raviola urla, e urlando in qualche modo dà buone notizie: il colpo l'ha centrato nella spalla destra, dal lato in cui teneva la sigaretta, ma almeno non è un punto vitale. Soltanto molto doloroso.

«Telesca, Raviola è stato colpito» dice il Pinguino parlando al telefono. «Barbano ci è arrivato alle spalle. Ci spara dal bosco. No, no, non vi muovete. Chiamate i rinforzi e un'ambulanza, e aspettate il mio ordine.»

Il Pinguino sdraiato in terra cerca di ignorare le urla e le suppliche di Raviola e controlla con il binocolo: la vegetazione alle loro spalle è talmente fitta da formare un muro impenetrabile. Una volta riuscito a infilarsi là dentro, Barbano potrebbe essere ovunque. Potrebbe persino essere già scappato via.

Ma così non è, perché eccolo esplodere un altro colpo verso di loro. Il nano ha una mira formidabile, però senza la brace della sigaretta di Raviola a dargli indicazioni, anche per lui diventa difficile centrare due bersagli sdraiati a terra e nascosti dalle foglie. Ciononostante il colpo riesce quasi a centrare nuovamente Raviola. Ma "quasi", in certi momenti, è una parola così bella, così dolce, che uno se la terrebbe in bocca per sempre come una caramella buonissima.

«Raviola, Raviola, mi stia a sentire. Se restiamo qua, quello prima o poi ci ammazza.»

«Sto già morendo, commissario! Mamma, mamma mia, aiuto, mamma!»

«Raviola! Non sta morendo. Però morirà sicuramente se non fa quello che le dico.»

Il Pinguino gli stringe la faccia con entrambe le mani e lo obbliga a guardarlo negli occhi.

«Deve fare quello che le dico e lo deve fare adesso. Ha capito?»

Raviola stringe i denti e annuisce.

«Ho visto da dove ci spara il nano. L'ho visto. E ho anche calcolato i tempi di quelli che stanno usando la pista da cross. Tra più o meno venti secondi i loro abbaglianti punteranno proprio in direzione della boscaglia dentro cui si è appostato il nano. Lui avrà la luce in faccia, mi segue? E io ne approfitterò per scappare fuori di qua e fare il giro. Provo a prenderlo alle spalle, Raviola, lei però, lei deve sforzarsi di spararagli contro.»

«Ma che gli sparo che non so dov'è?»

«La direzione la sa» dice il Pinguino indicando la buia parete di bosco. «Ce la fa con una mano sola?»

«Commissario?» domanda Raviola con un filo di voce. «Ma nemmeno adesso ci diamo del tu? Manco adesso che mi hanno sparato?»

«Specialmente adesso, Raviola. Non c'è modo peggiore per affrontare una sparatoria che darsi del tu. Ci faccia caso, tutti quelli che si sparano addosso si danno del tu, e parecchi di loro ci muoiono. Noi invece, Raviola, noi ci diamo del lei, e ne usciamo vivi. Stia pronto.»

Il Pinguino si volta verso la pista da cross e conta.

«Ora!» dice a Raviola, sgattaiolando fuori.

E Raviola inizia. Spara mirando al buio e immaginando la faccia del nano maledetto.

Nel mentre il Pinguino corre. Chiunque si aspetterebbe che il Pinguino sia goffo, e lui, in effetti, lo è. Ma al tempo stesso ha imparato a sfruttare la propria mole come si trattasse di uno strumento utile e non una zavorra: la sua tecnica consiste nel correre sbilanciato in avanti, come quegli atleti che cercano per primi il nastro della vittoria, potendo contare sulla pancia voluminosa per non franare a terra, bilanciandosi in qualche modo.

La scarsa forma fisica, la pipa e il bere gli tagliano il fiato all'improvviso, come la luce elettrica dei morosi. Ma il Pinguino è riuscito a raggiungere l'inizio del bosco. Si acquatta, cerca di farsi piccolo, proprio lui che è tutto tranne che piccolo. Raviola ha smesso di sparare. Forse ha finito le munizioni. Adesso è il nano che spara. Un colpo solo. A cui non fa seguito nessun grido, niente di niente. Raviola potrebbe essere morto, oppure esattamente come prima. Ma almeno il Pinguino sa cosa fare. Perché sa esattamente dove si trova Franchino Barbano: per questo motivo il commissario smette i panni di Pinguino e indossa quelli di orso, o di giaguaro, o di qualsiasi altro animale sia solito arrampicarsi sugli alberi. Consapevole di come non riuscirebbe mai a infilarsi in quel groviglio di rami fittissimo che gli si para dinanzi, e che, se anche ci riuscisse, Franchino sentirebbe subito il rumore e lo ammazzerebbe senza fatica, l'unica alternativa è tentare un attacco dall'alto. E così il Pinguino sfrutta tutta la forza di cui è in possesso per sollevare i propri cento e fischia chili verso l'alto, come fossero una bandiera da issare. Per fare meno rumore si è tolto le scarpe, e adesso sente i piedi sanguinare e fargli un male cane. Ma nonostante la mole, il fiato che manca e i piedi doloranti, il Pinguino sale, lentamente ma inesorabile. Però capisce che il suo piano era troppo ottimista, non riuscirà mai a raggiungere la cima dell'albero, troppo lontana lei, troppo stanco e pesante lui. Se vuole tentare con questa strategia, deve farlo da dov'è ora.

Guarda verso il basso, verso la pietra biancastra e luccicante che gli fa da promemoria e da mirino, Franchino secondo i suoi calcoli è lì di fianco. E allora il Pinguino si dice che è tutta la vita che gli capita di cadere, di franare, di fare figuracce orribili a causa di cadute di ogni tipo. Ed è proprio per questo che il suo piano deve funzionare, perché è arrivato il momento di vendicare tutte quelle cadute non desiderate con una caduta capace di salvare la vita a lui e al suo vice.

Il Pinguino allora chiude gli occhi, come prima di tuffarsi in mare, fa leva sopra i due rami su cui è appoggiato con i piedi, e si lancia: l'aria fresca e vuota dura un attimo appena, l'attimo migliore, poi son tutti rami, rami piccoli e rami grandi che lo graffiano e lo urtano. Il Pinguino crolla sempre più veloce, come una scimmia morta, come una slavina, e infine lo sente: sente il corpo di Franchino Barbano sotto il proprio. *Bum.*

pinguino volante
vittoria traballante
emoteca
sparo alla cieca

23

Torino, Piemonte

Vestito come Giuseppe Garibaldi, con la barba bianca da Garibaldi e fermamente convinto di essere Garibaldi, Leoluca Bardo si aggira da anni per Torino alla ricerca dei propri soldati: non riuscendo mai e poi mai a trovarli, Leoluca si è ormai convinto che qualcuno li tenga prigionieri, e per questo motivo è alla ricerca di dettagli che possano permettergli di scoprire l'indirizzo della loro prigione al fine di farli evadere. Inizialmente ha tentato di chiedere aiuto ai passanti, ma purtroppo si sono rivelati nella stragrande maggioranza poco meno che una razza di furfanti belli e buoni: molti nemmeno si fermavano a discutere con lui, dimostrandosi ingrati della peggior specie dopo tutto quello che lui aveva fatto per l'Italia, altri invece gli hanno dato del molestatore, del matto persino, e grazie a intricati complotti sono riusciti a farlo internare più di una volta in posti orribili che, pur non chiamandosi più manicomi, bisogna ammetterlo, comunque ci somigliano. Da allora Leoluca Bardo ha imparato che non bisogna fidarsi di nessuno, e che la sua indagine deve portarla avanti da solo, impavido e instancabile come sempre: lo deve ai suoi uomini, lo deve alla sua defunta moglie Anita, e lo deve ai propri ideali.

Per questo motivo ha deciso di non perdere tempo possedendo un proprio domicilio e preferendo dormire per strada. Un accorgimento pratico, seppur poco confortevole, per non perdere mai d'occhio la situazione e per svegliarsi decisamente presto la mattina. Vuoi perché il freddo delle cinque di notte è particolarmente pungente, vuoi perché gli spazzini se ne fregano dell'Unità d'Italia e se c'è da cacciare Garibaldi lo cacciano senza troppi convenevoli: a ogni modo, eccolo Leoluca Bardo, assonnato e infreddolito che cammina lungo uno spettrale corso Unità d'Italia, insolitamente deserto, fatta eccezione per il furgone della nettezza urbana che l'ha appena svegliato in malo modo costringendolo ad abbandonare il suo giaciglio composto di scatole di cartone e lenzuola altrui. Normalmente queste due stradone a tre corsie sono piene di macchine che entrano o escono da Torino, visto che poco distante inizia l'autostrada, ma a quest'ora il traffico è blando. Troppo sporadico per un Leoluca Bardo alla ricerca di dettagli utili per la propria investigazione, e che infatti decide di abbandonare questo stradone e di girare attorno al Laghetto Italia '61, con la sua strana scultura al centro che somiglia allo scheletro di un mulino realizzato in ferro, per poi addentrarsi nella parte residenziale. Magari sarà difficile portare avanti la mia indagine, riflette Leoluca, ma anche farmi offrire un caffè non sarebbe male. Appena imboccata via Ventimiglia però si accorge di un dettaglio anomalo, c'è un SUV con la portiera socchiusa. Leoluca controlla e nota come dentro non vi sia nessuno. Nessuno nemmeno nei paraggi. E allora, ritenendolo un segno del destino, decide di aprire la portiera e controllare: il sedile del passeggero è letteralmente sommerso di vestiti e biancheria intima femminile, mentre i sedili posteriori sembrano tappezzati di scatole di varie dimensioni, piene di oggetti piccoli e curati, che in un primo momento Leoluca scambia per fiches da casinò ma che in realtà sono cioccolatini di gran pregio. Si guarda nuovamente attorno: non essendoci anima viva, ne deduce che i cioccolatini sono lì per lui. Si ricorda di essere passato più volte davanti ai negozi di questo Guido Gobino che produce i cioccolatini e di aver desiderato ardentemente di provarli tutti, ma si sa, la rivoluzione ha i suoi costi e le sue priorità, e il cioccolato non vi rientra. Però adesso, in quest'ora immobile, in questa parte di mondo deserta, il ritrovarsi davanti a questo tripudio di carte d'argento colorate dalle forme più svariate agli occhi di Leoluca Bardo appare come un segnale inequivocabile: Mangia Giuseppe, mangia Giuseppe Garibaldi, si dice Leoluca. E poi, come da lui stesso comandato, Leoluca mangia.

Inizia da quelli a forma di barca rovesciata. Scarta il primo, lo ingoia, finge di non aver capito il gusto e ripete l'operazione fino a quando non si ritrova la bocca piena di cioccolato. A quel punto chiude gli occhi e si gode il gusto. Ma è un godimento che esige una continuazione. E Leoluca non è tipo da tirarsi indietro, tanto nelle avversità quanto nella buona sorte. Atta quindi a mangiare i cioccolatini rotondi, quelli che in un primo momento gli erano sembrati delle fiches da gioco d'azzardo, e poi quelli quadrati, e quelli rettangolari, e infine, indeciso su quale sia il formato migliore, Leoluca comincia da capo, e a velocità persino maggiore. Fino a quando una mano gli scuote la spalla: Leoluca si volta e si ritrova dinanzi un poliziotto.

«La macchina non è sua, dico bene?» domanda l'uomo in divisa controllando il terminale. «Lei non ha l'aria di essere Rose Bellamy.»

«No» risponde Leoluca Bardo. «Io sono Giuseppe Garibaldi. E anche se la macchina non è mia, Madonna lepre, dopo tutto quello che ho fatto per questa nazione, almeno due cioccolatini me li sarò meritati o chiedo troppo?»

23 ½

Latte, Liguria

Messaggio vocale di Piera, la madre del Pinguino: «Alla fine son riuscita a parlare con tuo fratello, per fortuna, iniziavo a preoccuparmi, erano quasi due settimane. Però l'ho sentito in forma. È sempre in foresta, vicino al confine tra la Bolivia e il Brasile, e mi sembrava contento perché era riuscito a trovare qualcosa di molto raro, qualcosa che si pensava scomparso per sempre. Però non ho mica capito se si trattava di un'orchidea o di un serpente, sai, la linea andava e veniva. Comunque credo fosse un'orchidea, perché quando gli ho detto di stare attento a non farsi mordere, Vlado si è messo a ridere come un matto, immagino perché le orchidee difficilmente mordono. Mi mancava tanto la sua risata, come mi manca la tua. Che poi voi due ridete allo stesso modo, è l'unica cosa in cui vi somigliate davvero, il modo di ridere. Una risata che somiglia a come iniziano i canti in osteria, ma anche a un colpo di tosse accentuato per attirare l'attenzione. Mi ha detto di salutarti, e che appena torna in città ti chiama. Che città, però, non me l'ha mica detto».

24

Mondovì, Piemonte

«Raviola è stato operato, dottoressa Rama, sì, è stato operato e mi hanno appena detto che è andato tutto bene. Barbano? Anche lui in ospedale, dottoressa. Perché? Eh, perché durante l'arresto si è fratturato qualche vertebra. Se gliel'ho fratturate io? Temo di sì, dottoressa, gli sono saltato addosso e, come lei sa bene, io ho il mio peso specifico e invece Barbano è minuto, minuto e fragile. Un brutto matrimonio, dottoressa Rama. Barbano però non è solo un uomo fragile con qualche vertebra in meno, è anche muto come un pesce. Anzi, peggio, muto come una fontana asciutta. Perché cosa? Perché non ho la voce felice? Se sono preoccupato per Raviola? Ma no, no, Raviola l'ho già visto che chiedeva il numero di telefono a un'infermiera, sta bene Raviola. È solo che non sono così convinto che Barbano sia il nostro uomo. Non si arrabbi, dottoressa Rama, non sto dicendo che non lo credo colpevole. Sono sicuro che sia stato lui a uccidere l'amico di Polly Levi, sicurissimo. Però, ecco, per quanto riguarda Polly Levi, be', su quell'omicidio invece non sono così sicuro. Anzi, non sono sicuro per niente. Ed è per questo che vorrei che parlasse. No, no, non ho detto che lo credo estraneo all'omicidio di Polly Levi, nient'affatto, lo credo coinvolto, però non penso che abbia agito da solo. Cosa me lo fa pensare? Una sensazione, dottoressa, un'intuizione. E certo, certo, me lo immagino, dottoressa Rama, lo immagino perfettamente dove posso mettermi le mie intuizioni. Finte intuizioni dice? Fantasie? Possibile, possibile, dottoressa Rama, però non posso farci nulla. Ah, adesso sono costretto a salutarla, mi perdoni, devo assolutamente parlare con questa persona appena entrata nel mio ufficio per via di faccende… faccende urgenti, dottoressa, ma la richiamo, non si preoccupi.»

Naturalmente nessuno è entrato nello studio del Pinguino. Il commissario è solo, Gilda gildina dorme nella sua cuccia, e la porta è chiusa a chiave dall'interno. Pur di non rischiare un'altra telefonata da parte di Olga Rama, il magistrato che l'aveva appena chiamato congratulandosi per la risoluzione del caso, il Pinguino sceglie di staccare la presa del telefono fisso dalla parete e di zittire il proprio telefonino. Ci sono cose più importanti da fare, cose più urgenti.

La luce del sole abbaglia in quel modo un po' malinconico tipico dei mesi freddi, con la stessa lucentezza stanca, cruda e tagliente che contraddistingue l'interno dei frigoriferi spalancati in piena notte.

Il Pinguino chiude le tende. Per certe cose, per certe cose delicate, la penombra è più adatta. Il Pinguino si appoggia alla propria scrivania e prende a fissare lo studio come se volesse misurarlo, percorre il vuoto con lo sguardo sino a raggiungere la parete opposta, al cui centro è assicurato un bersaglio. A questo punto soltanto il Pinguino estrae la freccetta che teneva in tasca e la agita avanti e indietro davanti al proprio faccione, lentamente, con una movenza da incantatore di serpenti che però si interrompe bruscamente, quando lui all'improvviso stende il braccio dritto davanti a sé, chiudendo gli occhi ed emettendo un buffo gemito per lo sforzo: la freccetta gira su se stessa tracciando una linea dritta come un fuso fino a conficcarsi nel centro esatto del bersaglio. Il Pinguino allora afferra una penna e traccia una x dentro l'unico riquadro del foglio, non ancora riempito da altre x. Otto centri su otto, riflette il commissario, otto centri di fila mi vengono soltanto se ho ragione. Quindi, conclude, ho ragione. Purtroppo.

Il suo telefono muto si illumina, e lui sa che con ogni probabilità si tratta di qualcuno desideroso di offrire conferma alle sue paranoie, alle sue intuizioni. Il mondo sembra sempre pronto a dargli ragione quando si tratta di brutte intuizioni. Eppure il nome che appare sullo schermo lo sorprende comunque: Rufus Blom.

«Signor Blom, come sta?»

«Malissimo. Rose è scomparsa.»

monossido
futuro prossimo
adrenalina
rosa canina

Non solo Rose Bellamy è scomparsa la sera prima, ma per di più l'investigatore assoldato da Rufus Blom è stato trovato morto poco distante dalla macchina di Rose. A insospettire la polizia però non è stato il cadavere, rinvenuto soltanto in un secondo momento nascosto in un cespuglio, ma la presenza di un tizio vestito come Giuseppe Garibaldi intento a divorare i cioccolatini che Rose aveva comprato nel pomeriggio a Torino. Si è capito subito che il sosia di Garibaldi, Leoluca Bardo, non aveva nulla a che vedere con la morte dell'investigatore privato e tanto meno con la scomparsa di Rose Bellamy: Bardo aveva trascorso le dieci ore precedenti ubriaco e privo di sensi all'interno di una serie di fogli di cartone sotto la telecamera a circuito chiuso di una banca poco distante. Quando la macchina di Rose Bellamy e a stretto giro quella dell'investigatore erano state riprese mentre abbandonavano corso Unità d'Italia dirette verso la zona in cui poi sono state rinvenute, Leoluca dormiva bellamente. Purtroppo per chi si occupa delle indagini, il parcheggio in cui sono state rinvenute le macchine è un'area sprovvista di videosorveglianza.

Il Pinguino entra veloce nel cortile di casa Blom, parcheggia, tira il freno a mano con troppa forza, come per strozzare una gallina. Gilda gildina si sveglia per un breve istante, gli lecca la mano, e poi torna a sognare. Il Pinguino è arrabbiato con Rufus Blom, arrabbiato e incredulo. Non capisce il motivo per cui abbia assoldato un investigatore privato, ad esempio, quando si sarebbe potuto tranquillamente permettere una squadra di guardie del corpo. Aveva bisogno di indagare su qualcosa? Ma cosa? E poi non riesce a capire come mai abbia aspettato tutte queste ore prima di avvertire la polizia della scomparsa di Rose. Per essere uno a cui è stato consegnato un cadavere come fosse un pacco regalo, è un atteggiamento troppo, decisamente troppo rilassato.

Ma al tempo stesso per il Pinguino è difficile dimostrare tutta la propria contrarietà, e non tanto perché si trova nel salotto di casa Blom, e nemmeno perché Blom è chiaramente preoccupatissimo per la scomparsa di Rose, ma perché, più semplicemente, Blom ha davvero una pessima cera, e nell'arco di mezz'ora è dovuto correre in bagno almeno tre volte. E visto che dall'ultima fuga verso il bagno sembra non voler far ritorno, il Pinguino ne approfitta per controllare la sua biblioteca. Il modo in cui le persone si interessano ai libri dice molto di loro, ma il modo, ben più popolare, con cui se ne disinteressano è persino più significativo. La collezione di Rufus Blom è composta da classici casuali e mai nemmeno sfogliati, a cui bisogna aggiungere un tripudio di biografie di sportivi, uomini d'affari e politici, thriller storici spessi come le pareti di una cassaforte blindata, e ancora libri di cucina olistica, manuali di guarigione e rinascita spirituale, ben tre biografie del Dalai Lama e due di Margaret Thatcher, delle raccolte di barzellette olandesi e per finire quattro romanzi italiani, tutti dello stesso autore: il nome dell'autore non è affatto nuovo per il Pinguino, e non per meriti letterari. Pochi istanti dopo Rufus Blom esce finalmente dal bagno.

«Mi perdoni, commissario» dice Rufus riemergendo con un colorito degno della porcellana più raffinata. «Sono giorni che ho problemi allo stomaco, e la tensione peggiora tutto. Posso offrirle qualcosa?»

«Un bicchiere di vino rosso.»

«Credevo che i poliziotti non potessero bere in servizio.»

«E io credevo che lei mi avrebbe chiamato ieri sera, quando Rose non è tornata a casa. Vorrà dire che siamo due che credono nelle cose sbagliate.»

Rufus Blom fa una strana faccia, tipica di chi ha perso l'abitudine a farsi trattare a pesci in faccia.

«Io e Rose non siamo una coppia borghese, commissario» dice Rufus Blom versando da bere al Pinguino e porgendogli il bicchiere.

«Che significa?» domanda il Pinguino.

«Che ci sono notti in cui uno dei due non torna a casa, e che la cosa non rappresenta un problema, né per lei né per me.»

«Nessun problema, dice? Nemmeno dopo che le hanno fatto trovare il cadavere di Polly Levi con il suo nome scritto sulla schiena?»

Rufus Blom è a disagio. Si massaggia il collo con forza eccessiva, quasi con violenza. Altri avrebbero sbattuto rabbiosamente la mano sul tavolo, al fine di interrompere l'insolenza altrui. Ma Rufus più che con il Pinguino ce l'ha con se stesso.

«Ho trovato strano che Rose non mi abbia nemmeno avvertito, lo ammetto. E mi ha preoccupato il fatto che l'investigatore non mi rispondesse al telefono. Ma a quel punto della serata, avevo già preso delle gocce, per dormire. E mentre decidevo sul da farsi hanno fatto effetto.»

«Rose sapeva dell'investigatore?»

«No.»

«Perché no?»

«Ma non so, così.»

Il Pinguino si accende la pipa senza chiedere il permesso, è un modo chiaro e poco rumoroso per mostrare la propria contrarietà. E funziona.

«L'amico di Polly Levi, il gigante, aveva provato a ricattarmi» esordisce Rufus Blom dopo aver bevuto un sorso di vino. «Non so come, ma era a conoscenza di alcune mie amicizie giovanili che alcuni riterrebbero compromettenti.»

«Malavita?»

«Estrema destra. Mio nonno era stato un nazista.»

«Non fu l'unico, purtroppo.»

«Ma lui era uno importante. E riuscì a non pagarne il prezzo. Lui come altri, altri che mi hanno aiutato all'inizio della mia carriera.»

«E il gigante cosa voleva? Soldi?»

«No, no, niente soldi. Lui voleva che io ammettessi le mie frequentazioni passate, e che facessi i nomi.»

«E lei ha rifiutato.»

«E io ho rifiutato.»

«E ha deciso di assumere l'investigatore privato.»

«No, quello l'ho deciso soltanto dopo che Polly è morta, avevo paura che il gigante potesse rappresentare un pericolo.»

«Perché non me ne ha parlato prima?»

«Speravo che tutto si risolvesse da sé.»

«E ha sbagliato, signor Blom, perché gli omicidi sono come gli incendi dolosi, non si risolvono da soli, bisogna spegnerli.»

Il Pinguino si versa un secondo bicchiere di vino. Un Barbaresco così buono che può commuovere. Un peccato imperdonabile doverlo mischiare a chiacchiere da interrogatorio. Per questo motivo il Pinguino ci fuma sopra, affinché il gusto violento del tabacco si preoccupi di camuffarlo un poco.

«Commissario?» Rufus Blom ha cambiato voce, ha paura. «Lei crede che l'uomo che avete arrestato c'entri qualcosa con la scomparsa di Rose?»

«Sì, credo proprio di sì. Ma non direttamente, perché quando Rose era a Torino, lui, Barbano, quello che abbiamo arrestato, si trovava in un bar di Clavesana.»

«E allora che ruolo può avere?»

«Ritengo che conosca le persone coinvolte in questa storia. E a questo proposito, lei mi sa dire se conosce il nome degli uomini con cui Rose trascorreva le notti fuori casa?»

«No, no, commissario, io e Rose non siamo una coppia borghese, ma nemmeno due hippie ossessionati dalla coppia aperta. Abbiamo sempre vissuto le nostre scappatelle con la massima discrezione.»

«Ha mai avuto il sospetto che qualcuno dei suoi amici fosse invaghito di Rose?»

«Praticamente tutti sono invaghiti di lei. L'ha vista, commissario, è piuttosto comprensibile che piaccia a molti.»

«Lei legge libri in italiano?»

«No, nemmeno lo parlo. Figuriamoci se lo leggo.»

«E Rose?»

«Rose è negata per le lingue.»

«Eppure di romanzi di Jacopo Zago ne avete ben quattro. Non era lui uno dei partecipanti alla cena che avete offerto ai vostri amici, qui, la sera prima del ritrovamento del corpo di Polly Levi?»

«Sì, sì, è proprio lui. E guardi, io glielo dico sempre che sono regali un po' sprecati, visto che né io né Rose possiamo leggerli, ma lui ci tiene a farci avere comunque una copia di ogni libro che pubblica. Quello con la copertina rossa me l'ha portato proprio la sera della cena, dicendomi che è una edizione introvabile, ma non ho ben capito perché.»

Il Pinguino osserva la copertina, poi il titolo, e riflette.

«Che macchina ha il signor Zago?»

«Che macchina ha? Non ce l'ha. Sua moglie invece ha un'Audi, se ricordo bene. Ma perché?»

«Le spiace se mi prendo i libri del signor Zago?»

«No, certo che no. Però scusi, commissario, ma che c'entra con la scomparsa di Rose?»

«Forse niente, signor Blom, ma quando si nuota in acque agitate, ogni minuscolo pezzo di legno vale come uno scoglio.» Il Pinguino lo prende per un braccio. «La troveremo, Rose. La troveremo.»

Il Pinguino odia elargire questo tipo di false promesse basate sul nulla. Ma il titolo del romanzo che Zago ha regalato a Blom poche sere prima, *Punica granatum*, che è il nome scientifico del melograno, forse è più di una semplice coincidenza. Secondo lui, è la pista da seguire.

romanzi
cene e pranzi
coppia borghese
aspettative arrese

25

Mondovì, Piemonte

Listeddu è sempre felice quando gli viene affidato un compito da portare a termine in solitaria. Traduce questi rari, rarissimi incarichi cuciti su misura come attestati di stima. Capita troppo di rado, perché il Pinguino è un ligure, e Listeddu sa che i liguri sono avari anche quando c'è di mezzo la stima nel prossimo, ma quando succede è comunque un bel momento. Certo, il motivo per cui gli abbia affidato la missione di tenere d'occhio l'ingresso della funivia che conduce alla parte alta della città di Mondovì resta misterioso: «Tieniti pronto a tutto» gli ha detto il Pinguino l'attimo prima di procedere verso l'alto assieme a Telesca. Per poi aggiungere: «Nel caso arrivasse un prete albino, Listeddu, tu lo devi pedinare. E nel mentre, mi raccomando, ogni dieci minuti di dare un premietto a Gilda gildina». Listeddu ha annuito con il volto serio agitando il sacchetto contenente i biscotti da cane che il Pinguino chiama premietti, e poi, non appena i suoi colleghi sono scomparsi, ha subito fatto una ricerca su Google: perché i preti ce li ha presenti, ma gli albini no. Per fortuna, si dice Listeddu osservando un vasto repertorio di albini sullo schermo del cellulare, per fortuna Google ha tutte le risposte. Purtroppo per lui, nemmeno Google è attrezzato a farti notare quando vieni preso in giro.

respiro
raggiro
prete albino
scrupolo certosino

Dal terrazzo di casa Zago si gode la vista di piazza Maggiore, il nucleo centrale della parte più antica della città. Eleganti palazzi dalle facciate affrescate racchiudono la piazza con un abbraccio composto da archi, colonne e porticati. La scalinata posizionata nel centro è grigia, e grigi sono i piccioni appollaiati tra le macchine parcheggiate poco più in basso. In verità, casa Zago andrebbe chiamata con il suo vero nome, casa Cometto. Il cognome della moglie, la vera proprietaria.

«Mio marito è via per lavoro, commissario» dice la padrona di casa offrendo un caffè a lui e Telesca. «E quando si rinchiude da qualche parte per finire un libro è impossibile da trovare, nemmeno io so dove si vada a cacciare. Sa, con gli scrittori bisogna avere molta pazienza.»

Ambra Cometto conferma l'impressione che il Pinguino si era fatto di lei durante il loro primo, breve incontro: quella di una donna che non si è mai pienamente resa conto del proprio fascino, o che se ne è dimenticata, finendo con lo sviluppare un aspetto malinconico, contratto e sottilmente infastidito, confermato dalle movenze scattose e un poco robotiche che di norma caratterizzano i malati di artrosi. Tutti gli sprechi, esattamente come gli eccessi, lasciano degli strascichi. La bellezza sprecata produce una contrazione delle scapole unita a una lieve curvatura della colonna vertebrale. Ambra Cometto, anche da seduta, dà l'impressione di portare in spalla uno zaino pesante, di quelli che affossano i bambini diretti alle scuole elementari, ma invisibile.

Fin troppo visibile, invece, è l'amore che traspare dalle sue parole quando parla del marito, un amore totale, cieco, che rasenta l'idolatria. Ma al suo interno, ben nascosto, al Pinguino sembra di scorgere un'altrettanta spiccata nota di biasimo, di fastidio, come se Ambra, in fondo, molto in fondo dentro se stessa, fosse pienamente consapevole di essersi innamorata, e sacrificata, per una persona che dietro le mille parvenze sapientemente costruite è in realtà un bluff.

Telesca si occupa di farla parlare, il Pinguino preferisce studiarla restando in silenzio. Non ha alcun motivo di sospettare del marito della signora Cometto, se non per via di una tecnica, decisamente poco empirica ma spesso affidabile, da lui stesso definita come "i due tempi della frittata": questa tecnica consiste nel considerare inizialmente tutte le persone coinvolte in un'indagine come potenziali vittime, e in un secondo momento, a seguito di una cottura più o meno prolungata, girare bruscamente la frittata e trasformare tutti in potenziali aguzzini. Con Ambra Cometto, però, gli riesce difficile. Perché nello sguardo di questa giovane donna invecchiata precocemente, risplende cupa una stanchezza che deriva dal troppo sacrificio, dall'abitudine a occuparsi soltanto degli altri, fino a dimenticarsi di sé, anzi peggio, fino a credere che la propria persona coincida con il piacere altrui. Sacrificarsi per i sogni altrui fino a convincersi di averli sognati a propria volta. Questa attitudine, che alle volte crea missionari e volontari infaticabili, se circoscritta a un unico beneficiario, in questo caso il marito, invece di infondere forza e tenacia, fa l'opposto, sfianca e prosciuga le energie. Il Pinguino, con la scusa di andare in bagno, si affretta a dare un'occhiata in giro. E seppur pressato dalla preoccupazione di non dare nell'occhio, riesce a scoprire alcune cose interessanti. Che i coniugi hanno una stanza da letto ciascuno, e che in quella di Zago, appeso alla parete, c'è un cappello nero dalle larghe falde. Il Pinguino nota subito come la stanza sia piena di disegni, ritratti femminili, in alcuni di questi ritratti al Pinguino sembra di scorgere le sembianze di Rose Bellamy. C'è un altro particolare che attira subito l'attenzione del commissario. Sul tavolo della stanza che con tutta evidenza è utilizzata da Zago, ci sono dei fogli scritti a macchina con una miriade di note, correzioni e cancellazioni eseguite a penna con una grafia esile e perfetta. Al Pinguino sembrano pagine di un romanzo, ma non ha tempo di controllare, perché dal salotto Telesca alza percettibilmente il tono di voce: è un segnale convenuto che lo allerta del possibile arrivo della padrona di casa. Il Pinguino la anticipa, affrettandosi a tornare in salotto.

«Mi perdoni» dice il Pinguino ad Ambra che stava già uscendo dal salotto. «La sua casa è splendida ma è talmente grande che ho finito col perdermi.»

«Ha ragione, commissario, ci si perde facilmente, in special modo chi come lei ha l'abitudine di soffermarsi sui dettagli.» Il tono con cui Ambra pronuncia quest'ultima frase svela una parte di lei che normalmente rimane sopita, c'è qualcosa sotto le spoglie smorte di questa donna che sobbolle, che si agita, tagliente come un vetro rotto.

A questo punto Telesca ritiene giustamente che sia arrivato il momento di riportare la discussione sull'apparente litigio intercorso tra i coniugi Zago la sera della cena a casa Blom. Se durante il primo colloquio con il Pinguino Ambra aveva negato che lei e suo marito avessero avuto alcuna discussione o battibecco, questa volta, invece, la versione è diversa.

«Mio marito, come tutti gli scrittori, tende, come dire, alle volte tende a parlarsi un po' addosso. Come per attirare l'attenzione. Perché insomma, e credo sia normale per gli artisti, ci tiene a piacere agli altri. A me questa attitudine, sarà perché di mio sono piuttosto schiva, dà sui nervi. Ogni tanto glielo faccio notare e lui si spazientisce. Tutto qui.»

«In che rapporti è con Rose Bellamy?» domanda il Pinguino.

«In che rapporti? Buoni. Insomma, ci conosciamo appena.»

«E suo marito, la conosce meglio?»

«Un poco meglio, sì, perché le ha dato una mano per dei testi in italiano che lei ha usato per i suoi video, per i suoi post. Di più non le so dire perché trovo i social un orrore e me ne tengo alla larga. La pretesa di piacere a chiunque è una prigione.»

«La signora Bellamy sembra tenerci molto, a piacere alla gente, non trova?» domanda il Pinguino.

«Ci tiene? Direi che ne è ossessionata. Sarà per via della specie di lavoro che fa. Non so. Di sicuro però, a differenza di mio marito, lei non è un'artista. La sua è più una ricerca di visibilità. C'è una certa dose di narcisismo. Una forte dose.»

Invece di farle notare che il narcisismo si può benissimo applicare anche a Jacopo Zago, il Pinguino la informa a bruciapelo della scomparsa di Rose. Non gli interessano le parole con cui risponderà o non risponderà Ambra Cometto, ma il modo in cui il suo viso assimilerà ed elaborerà l'informazione: nulla più del tentativo di dissimulare un'emozione, o un miscuglio di emozioni, finisce per svelarle. A patto che si abbiano occhi allenati.

E il Pinguino, abituato da sempre a osservare la vita più che a viverla, è estremamente allenato. Gli basta studiare il modo con cui Ambra serra leggermente i denti, come per proibirsi un leggero conato, e la maniera brusca con cui rimette in riga una ciocca che dalla riga non si era allontanata, per capire come quest'ultima notizia, la scomparsa di Rose Bellamy, la costringa a una preoccupazione dolorosa, a una preoccupazione di natura privata.

Certe persone risultano più utili e più trasparenti quando viene lasciata loro l'illusione di giocare secondo le proprie tempistiche e le proprie regole, e Ambra Cometto, il Pinguino ne è certo, appartiene a questa categoria. Ed è per questo che il Pinguino invece di sfruttare la momentanea debolezza della padrona di casa incalzandola con altre domande, preferisce sorprenderla, alzandosi e stringendole la mano come per congedarsi. Inizialmente anche Telesca appare insolitamente interdetta. Ma ben presto arriva a intuire come dietro a questo comportamento si celi una strategia. Strategia che entra nel vivo quando, giunto sulla porta, il Pinguino si volta e chiede alla padrona di casa di scrivergli il suo numero di telefono privato. Di modo che lui possa tenerla informata sugli sviluppi futuri. Ambra Cometto esegue prontamente, inconsapevole di fornirgli la conferma di cui il commissario aveva bisogno: una grafia esile, esile e perfetta come quella che aveva visto riscrivere completamente i fogli battuti a macchina in camera di Zago.

tagliola
doppia capriola
scompiglio
nascondiglio

«Niente preti albini, commissario» dice Listeddu allungando un premietto a Gilda gildina. «Niente preti in generale a dire il vero.»

«Poco male, Listeddu» risponde il Pinguino uscendo fuori dalla funicolare. «Non possiamo certo incolpare lei per la crisi della vocazione nel nostro Paese.»

«Commissario, adesso me lo dice se ha scoperto qualcosa di interessante a casa Cometto?» domanda Telesca.

«Dopo, Telesca, dopo» risponde il Pinguino. «Adesso voi due mi sorvegliate la cara Ambra, perché sono quasi sicuro che tra non molto uscirà di casa.»

«E se esce, noi la seguiamo, commissario?» domanda Listeddu.

«Non solo la seguite, Listeddu, voi me la seguite con grande discrezione, senza farvi notare. Perché secondo me vi porterà dritti dritti dal suo caro maritino.»

«E lei dove va, commissario?»

«Da Franchino in ospedale. Perché se non è la moglie a portarci da Zago, lui è l'unica altra carta a nostra disposizione.»

26

Ospedale di Mondovì, Piemonte

Franchino Barbano non vuole parlare, il Pinguino lo sa. Muto come una fontana asciutta. Così l'hanno definito i poliziotti che lo arrestarono anni addietro, e così lui lo ha descritto a Olga Rama, il magistrato che con il suo arresto sperava di aver chiuso il caso. Sbagliando. Ma il Pinguino è comunque tornato a trovarlo. Perché a casa sua ha trovato qualcosa che potrebbe spingere Barbano a confessare. Almeno a confessare qualcosa.

Certo, in teoria il Pinguino non potrebbe parlare con Barbano, i medici gli hanno imposto assoluto riposo e silenzio. Le costole rotte infatti potrebbero rischiare di perforargli un polmone. Ma il vantaggio dei posti piccoli è che le regole sono più larghe che altrove, così larghe che ci si può infilare attraverso anche un gigante come il commissario. Specialmente quando il primario del reparto di pneumologia sa che mettersi di traverso significherebbe compromettere il ritrovamento della futura moglie dell'uomo che ha regalato quattro ambulanze al suo ospedale. E qui entra in gioco un altro vantaggio, quello di voler aiutare un miliardario generoso come Rufus Blom, perché tutti, nessuno escluso, vogliono aiutare un miliardario generoso.

E dunque ecco che il Pinguino prende una sedia e la piazza davanti al letto di Franchino Barbano. Prima lo guarda dormire per qualche minuto, e quindi lo sveglia accendendosi la pipa e sputandogli il fumo in faccia.

Barbano è come uno di quei vecchi attori chiamati caratteristi, poco versatile, ma molto bravo a ripetere all'infinito il suo numero. C'era il caratterista che faceva bene il vecchio perennemente affamato, quello che recitava sempre la parte del boss malavitoso grasso e laido, a Barbano invece la vita ha assegnato il ruolo dell'omertoso. Quello che non risponde, non sorride, non chiude le palpebre. E lui infatti si limita a fissare il Pinguino come un vecchio pappagallo farebbe con le sbarre della sua voliera, con un miscuglio di familiarità e tristezza talmente sedimentato nel tempo da non provocargli nulla.

«Non ho niente da dire» questo è il laconico commento di Franchino, che subito dopo ne approfitta per richiudere gli occhi e pretendere di addormentarsi.

«Lo so, lo so bene che non ha niente da dirmi, Franchino. Sono io che le devo parlare» dice il Pinguino sputandogli altro fumo in faccia e facendolo tossire. «Però lei, anche se non ha nulla da dirmi, deve comunque guardarmi. Altrimenti ho come l'impressione di parlare da solo, mi capisce?»

«Il dottore mi ha detto che devo riposare» dice Franchino guardandolo con odio. «Sa, un ciccione mi ha fratturato tre vertebre.»

«Un ciccione volante, Franchino, non dimentichi la parte migliore, altrimenti la storia perde di valore. Ma certo, lo so bene che lei deve riposare, e sono qui proprio per questo. Perché ho una storia riposante, una storia riposante proprio per lei.»

«Che storia?»

«Quella che mi hanno raccontato i suoi amici, Franchino. Una storia che le permetterà di riposare a lungo, molto a lungo. Con buona probabilità per il resto della sua vita. Purtroppo, però, il luogo in cui potrà riposare è una prigione, che come posto, lei lo sa bene, non è il migliore del mondo.»

«Non so di cosa stia parlando.»

«Ma come? Io le dico che i suoi amici mi hanno raccontato tutto, e lei mi gioca ancora la stessa carta, quella dello sprovveduto? Male, Franchino, molto male. Perché, vede, con i suoi precedenti sommati all'accusa dell'omicidio dell'amico di Polly Levi, lei già rischia tanto, se non tutto, ma se ci aggiungiamo anche l'omicidio di Polly Levi, Franchino, qui entriamo nella peggiore delle valli di lacrime, quella che prende il nome di fine pena mai.»

«Non so niente.»

«Ma io sì. Glielo continuo a ripetere. Me l'hanno detto i suoi amici. So tutto.»

«Io non ho amici.»

«Ma sì che ce li ha, non si butti giù.»

«E chi sarebbero questi amici?»

«Gente in gamba Franchino, gente di mondo. Gente come Jacopo Zago.»

Franchino Barbano tradisce un breve cedimento nella sua interpretazione. Da bravo caratterista la cancella in fretta. Rindossa la maschera dell'omertoso schermandosi dietro la folta barba nera. Ma quell'istante di debolezza non è sfuggito al Pinguino, e il commissario lo traduce in un chiaro incitamento a proseguire con il proprio bluff.

«Mai sentito nominare» dice Barbano.

«Ah, quindi lei è uno dei pochi che dopo aver chiamato per sbaglio il numero di uno sconosciuto, poi quello stesso numero continua a chiamarlo per mesi, per anni? Siete in pochi a farlo, Franchino, pochissimi. Anzi no, mi sa che lei è l'unico a fare così. E non lo dico io, ma i tabulati. Loro lo dicono. E non finisce qui.»

«Cosa? Cosa non finisce qui?» Franchino ha gli occhi così scuri che la pupilla e l'iride sembrano la stessa cosa, un'oliva, un'oliva lasciata troppo a lungo nella salamoia.

«A casa sua abbiamo trovato una macchinetta per fare i tatuaggi. Strano aggeggio per uno come lei, per uno che di tatuaggi non ne ha. E visto che la povera Polly invece un tatuaggio se l'era fatto da poco, poco prima di essere ammazzata, sa che ho pensato? Vediamo se l'inchiostro nella macchinetta combacia con quello del tatuaggio di Polly. E sa cosa ho scoperto, Franchino? Che sono un uomo fortunato, perché sì, l'inchiostro combacia. Però vede, Franchino, la mia fortuna è anche la sua rovina. Perché con i suoi precedenti e un doppio omicidio, lei si becca un bel fine pena mai.»

«Io non ho ucciso la ragazza.»

«E io le credo, Franchino, le credo. Anche secondo me lei non ha ucciso Polly. Forse si è occupato di piazzare il cadavere a bordo strada, forse nemmeno quello. Però adesso il punto è un altro, la domanda è un'altra.»

«E qual è la domanda?»

«La solita, Franchino, è sempre la solita domanda: che fare? Io le faccio una proposta. Ipotizziamo che la macchinetta per fare i tatuaggi si perda per strada. Sa, sono cose che possono capitare quando un oggetto passa di mano in mano. Nessuno è perfetto, Franchino, nemmeno la polizia. E, sempre restando su un piano ipotetico, immaginiamo che io dica al giudice di averla sentita lottare con l'amico di Polly, immaginiamo che io dica che il gigante stava per strozzarla. Lei a quel punto potrebbe sembrare come un povero nano con la gobba che ha cercato di difendersi. Mica male come cambio di scenario se lo confrontiamo con l'ergastolo ostativo, o no, Franchino?»

«Cosa vuole in cambio?»

«Cosa rappresenta il melograno?»

«Il melograno?»

«Sì, il melograno, e non mi dica un frutto perché di vertebre potrei spezzargliene anche di più.»

«È una roba che si è inventato lui, Zago. Una specie di gruppo, di loggia.»

«Come quelle dei massoni?»

«Tipo, credo. Non lo so. Io facevo dei lavori per conto loro, ma Zago era l'unico che incontravo.»

«E questi del melograno, si divertono con le ragazze?»

«Sì, mi pare di sì. Facevano dei riti.»

«E dove si incontrano? Dov'è che li fanno questi riti?»

«Non lo so.»

«È l'ultimo "non lo so" che le concedo, Franchino. Poi il nostro accordo salta.»

«Ma chiedeteglielo a lui dove si incontrano!»

«A lui chi?»

«A Zago. Non ce l'avete voi? Me l'ha detto lei che Zago vi ha parlato di me.»

«Si parla anche al telefono, Franchino, e poi dopo che si è parlato al telefono si può sempre finire la conversazione, estrarre la scheda dal telefono, buttarla tra le ortiche e scomparire.»

«L'ultima volta che l'ho visto io, ieri, Zago mi ha chiesto di accompagnarlo a Torino.»

«Per rapire Rose Bellamy.»

«Non lo so. Non ci sono andato.»

«E Zago invece? Dove va Zago quando non vuole farsi trovare? E le ricordo che i "non lo so" li abbiamo finiti.»

nascondiglio
sopracciglio
traditore tradito
segreto sfiorito

27

Baudrà, frazione di Cissone, Piemonte

Ambra Cometto era uscita di casa. Come previsto dal Pinguino aveva preso la sua seconda macchina, una Volvo color malva, e aveva guidato veloce. Ma contrariamente alle previsioni del Pinguino, non si era diretta verso l'indirizzo estorto a Franchino. No, Ambra Cometto aveva parcheggiato davanti a una chiesa, un'anonima chiesetta di campagna da cui non era più uscita. Quando Telesca e Listeddu l'hanno cercata al suo interno, dopo aver aspettato a lungo, hanno trovato la chiesa vuota. Deserta. Non c'era nemmeno un prete, un sacrestano. Nessuno. Che fine aveva fatto Ambra Cometto? Un mistero. Un trucco degno dei migliori illusionisti.

E così eccoli, adesso, in macchina col Pinguino, intenti a percorrere una strada stretta e ripida che sembra essere nata con il solo scopo di dar filo da torcere ai trattori. Attorno ci sono poche case. Case schive, separate le une dalle altre da curve a gomito e piante selvatiche. Un buon posto per uno che non ha voglia di farsi nuovi amici. Un buon posto per uno che ha qualcosa da nascondere. Franchino si è detto certo che quando Zago vuole scomparire, lo fa qui, nella casa che stanno per raggiungere.

L'ultimo pezzo di strada è sterrata ma una volta giunti davanti alla villa sembra quasi un trucco per tenere lontani eventuali ladri: la cascina che un tempo doveva sorgere su questa altura è stata sostituita da una splendida villa con i muri a secco ricoperti da una rigogliosa vite americana a cui l'autunno si è preoccupato di regalare un rosso acceso, da rubino grezzo, da vino forte. Pietra e edera creano un grande contrasto con l'azzurro accecante della piscina che occupa la parte più esposta al sole della proprietà. Foglie vermiglie galleggiano sull'acqua turchese simili a coralli frantumati dalla tempesta. Fuori dalla casa non c'è nessuna macchina parcheggiata. Il Pinguino sperava di trovarci l'Audi di Ambra Cometto, la macchina normalmente utilizzata da Zago, e invece nulla. Anzi, peggio: segni di pneumatico sul vialetto; qualcuno c'era, ma è andato via.

«Entriamo» dice il Pinguino maledicendosi per non aver chiesto di bloccare la strada a una pattuglia più vicina. Come negli scacchi, in questi frangenti non basta fare la mossa giusta, bisogna farla nei tempi giusti. E lui ha sbagliato.

«Apro?» domanda Telesca, che tra i tanti talenti inaspettati ha anche quello di scassinatrice niente male. «Purtroppo, commissario, lei lo sa, mio fratello era un ladro d'appartamenti.»

«Macché purtroppo, Telesca, il contrario. E da quel che vedo, per fortuna è un talento di famiglia.»

La porta, infatti, dopo pochi tentativi si spalanca.

Il Pinguino fuma e annuisce. Gilda gildina fa la pipì vicino a una pianta di rosmarino e il sole luccica spietato, come una lattina vuota sporca d'olio d'oliva. Il freddo si avvicina, ci tiene ad arrivare prima delle nuvole. Nell'aria riecheggia lo sparo di un cacciatore di cinghiali, seguito dal latrato dei cani.

Il Pinguino, Telesca e Listeddu entrano in casa. Gilda gildina rimane fuori, troppi odori interessanti, troppe piste da seguire.

«Io controllo la sala principale» dice il Pinguino indicando le scale. «Voi due occupatevi del piano superiore.»

Il pavimento è di cotto antico, scuro, color del tabacco, nelle zone più in penombra somiglia al cuoio. Le pareti sono bianchissime, sporcate appena dal dorso dei libri impilati su scaffali di metallo. Il salotto è inondato dalla luce che proviene da un'enorme vetrata che occupa gran parte del soffitto. Al centro della stanza c'è un divano circolare, verde scuro, delimitato da un tavolo basso e rotondo dall'aria vagamente marocchina. Sul tavolo ci sono due bicchieri. Uno è vuoto, l'altro è quasi pieno e leggermente sporco di rossetto. In fondo alla stanza c'è un camino enorme, e vicino al camino una scrivania di quercia. Dietro a una pila di libri il Pinguino intravede una macchina da scrivere e un posacenere. La brace nel camino non è del tutto fredda, e il Pinguino si maledice ancora una volta. La sensazione di essere arrivati in ritardo per un soffio è peggiore di quella che avrebbe provato sbagliando indirizzo.

«Commissario» le voci di Telesca e Listeddu, «venga a vedere.»

Il Pinguino cammina portandosi addosso il peso del mondo, il peso infame di un mondo che davanti a un bivio sceglie sempre di buttare giù l'intero sentiero con un cazzo di bulldozer. Bellezza, sangue, tempo, tutto sprecato. La donna che ama in coma. Il colpevole libero. Rose Bellamy scomparsa. E tutto questo risplende sotto un sole bellissimo e tagliente che acceca senza illuminare la via.

Il piano superiore è uno scrigno di legno pregiato, il Pinguino ha l'impressione di trovarsi all'interno di una gigantesca sigariera. Il letto matrimoniale, sovrastato da una testiera di legno intarsiato, è sfatto. Ma non sembra che due persone ci abbiano dormito o fatto l'amore, piuttosto che due persone ci abbiano lottato sopra, brevemente, giusto il tempo di gettare i cuscini in terra e spostare le lenzuola e i piumoni a lato: lo stesso lato sul cui muro Telesca indica una traccia di sangue. Giusto uno schizzo. Come se un imitatore di Jackson Pollock avesse deciso di iniziare l'ennesima copia cambiando idea subito dopo la prima pennellata di colore gettata sulla tela.

acquaghiaccia
cartastraccia
ritardo
spina del cardo

28

Strada provinciale 9, Piemonte

Come molti ragazzini, da adolescente Rose Bellamy aveva fatto dei tentativi con le droghe. Poca roba in verità, si era accorta quasi subito che non facevano per lei. La sensazione di non avere pieno controllo sul proprio corpo e la realtà circostante, invece di infonderle ebbrezza, la gettavano in uno stato di angoscia profonda. Ma pur trattandosi di esperimenti tentati molti anni prima, Rose non fatica a ricordare gli effetti e a trovarli identici a quelli che avverte in questo preciso istante. Sa bene che si tratta di effetti temporanei, il tempo li annacquerà sino a farli scomparire. Ma sfiorandosi il labbro rotto e avvertendo un dolore lancinante alle costole, ha paura che di tempo non gliene rimanga ancora molto.

Ha sempre avuto un carattere forte, Rose, deciso, dominante. Fin da bambina è sempre stata quella che in un gruppo di amici finisce per decidere cosa fare e dove farlo. Con l'arrivo dell'adolescenza, quando il suo corpo è come esploso, o per meglio dire, fiorito,

Rose si è resa conto che grazie alla sua bellezza non avrebbe più dovuto utilizzare la durezza che ogni tanto si era trovata costretta a sfruttare da bambina. E nemmeno tutta quella crudeltà. Rose scoprì quanto gli uomini adorino farsi comandare dai loro oggetti del desiderio. Così bravi a credersi e a raccontarsi in modi spesso elaborati e affascinanti, una volta che desiderano ardentemente una donna, gli uomini si dimostrano pronti a qualsiasi cosa, a qualsiasi contraddizione, a qualsiasi umiliazione pur di non perdere la possibilità di averla, di amarla. Anche illudersi di essere amati a loro volta può bastare. Certo, la contropartita di un atteggiamento simile è la consapevolezza, spiacevole, che deriva dal sapersi un oggetto del desiderio che, per quanto adorato, resta pur sempre un oggetto. Ma nonostante passi il tempo online a vendere a sconosciuti corsi e cianfrusaglie che in teoria dovrebbero elevare lo spirito e annullare lo stress e il dolore, Rose intimamente ha sempre ritenuto il mondo un posto governato da leggi e uomini crudeli e incomprensibili. Un inferno apparentemente stabile e sensato, in cui le donne, anche le donne convinte di poter sfuggire alle regole imposte dagli uomini, sono in realtà comunque costrette a battagliare per ottenere quella libertà che spetterebbe loro di diritto. Rose si è convinta che le donne abbiano soltanto due possibilità, diventare oggetti del desiderio, oppure oggetti di scherno, se non di vero e proprio odio. E lei ha preferito la prima opzione. Ha studiato e lavorato affinché le proprie qualità naturali risultassero il più possibile amplificate. Ha individuato i propri punti di forza e li ha irrobustiti, ha intuito le proprie debolezze e ha imparato a camuffarle, a nasconderle. Un aspetto del suo carattere che le ha spesso causato problemi nelle relazioni con gli uomini è il suo disprezzo per il culto della fedeltà. La monogamia le è sempre venuta a noia. Considerando il sesso alla stregua di una dieta, si è sempre domandata come facesse la gente a mangiare tutti i giorni la stessa pietanza. Una volta incontrato Rufus Blom, e una volta deciso che era l'uomo giusto per lei, scoprire che anche lui la pensava allo stesso modo non fece che rendere tutto più facile. Gli amici di Rufus sono convinti che Rose stia con lui per i suoi soldi, ma sbagliano. I soldi e il lusso le piacciono, certo, però la caratteristica di Rufus che l'ha stregata non è la ricchezza, e nemmeno il potere, ma la certezza che se lei fosse nata in un corpo maschile, sarebbe stata esattamente così, identica a lui. Perché sarà pur vero che gli opposti si attraggono, ma soltanto due parti simmetriche si completano, e lei ha bisogno di sentirsi completa.

Tutti gli altri uomini, tutti gli altri con cui lei ha scelto di trascorrere qualche serata o uno o più fine settimana, non hanno mai rappresentato nient'altro che un gioco. Un diversivo alla pari dei ristoranti etnici per quelle famiglie abituate a mangiare sempre in modo tradizionale. Era convinta di aver scelto bene i suoi amanti occasionali, molto diversi tra loro, ciascuno dotato di qualche attrattiva particolare, e tutti, pensava, privi di quegli attaccamenti eccessivi che finiscono col naufragare in scene patetiche e imbarazzanti. Ma si sbagliava, Rose. Di sicuro si era sbagliata sul conto di Jacopo Zago. L'aveva creduto uno dei tanti bohémien di provincia di cui è pieno il mondo, con più storie lette che vissute, in apparenza distaccati e in verità molto sentimentali. Le era piaciuto il modo in cui faceva l'amore, con generosità e abnegazione. E le erano piaciuti i disegni che le dedicava. Poco altro. Le restanti parti del personaggio che Zago si era cucito addosso, in verità, le mettevano tristezza. Sì, tristezza e malinconia, perché denotavano una frustrazione trattenuta a stento. Anzi peggio, una frustrazione camuffata da slancio vitale che ai suoi occhi, agli occhi di Rose, lo trasformavano in un isterico privo del senso dell'umorismo che alle volte rende interessanti gli isterici. Mai l'avrebbe immaginato in grado di rappresentare una minaccia, un pericolo. Non prima di scoprirlo capace di uccidere un uomo. Quel tizio che la seguiva, probabilmente pagato da Rufus perché la proteggesse. Era convinta di conoscerlo, Jacopo, di aver capito di che pasta fosse fatto. Ma il modo in cui l'ha caricata in macchina, il modo in cui di fatto la tiene prigioniera, ha distrutto tutte le sue certezze al riguardo. Durante il viaggio, e poi dopo, in quella casa isolata in cui di solito andavano per appartarsi, non aveva smesso un istante di chiederle ossessivamente perché non avesse fatto quello che andava fatto, perché non avesse seguito il *loro* piano. E quando lei provava a chiedergli di che piano stesse parlando, lui dava di matto. «Era tutto nero su bianco, tutto nero su bianco, era perfetto, bastava seguire il piano.» Le ci erano volute ore, baci dati a fatica e un paio di schiaffi ricevuti per capire di che piano stesse blaterando. La sera della cena a casa di Rufus, Zago aveva regalato un suo romanzo al padrone di casa, ma per lei aveva preparato una versione tradotta in inglese. Una specie di "riassunto con qualche modifica", così l'aveva definita consegnandogliela di nascosto, e dicendole che era fondamentale che lei la leggesse quella notte stessa. Aggiungendo che là dentro c'era tutto quello di cui loro due avevano bisogno, l'avventura, la passione, il futuro. E che era l'unico tra i suoi libri in cui sua moglie non aveva messo becco. Zago era stato molto insistente. Continuava a ripeterle di leggere il libro quella notte stessa. E così Rose, per levarsi da quella situazione imbarazzante che si svolgeva sotto lo sguardo gelido di Ambra Cometto, gli aveva promesso che l'avrebbe fatto. Ma poi il vino e i molti gin tonic le avevano fatto dimenticare tutto. L'indomani, il ritrovamento del cadavere di Polly e un Rufus visibilmente in difficoltà avevano completato l'opera. A quelle pagine tradotte Rose non era più tornata. E così, ritrovandosi in balia di uno Zago fuori dalla grazia di Dio, assolutamente incontrollabile e pericoloso, alla fine aveva dovuto ammettere di non aver letto nemmeno una riga. A quel punto lui, lui che già sembrava un indemoniato, aveva completato la mutazione: era divenuto ancora più violento e imprevedibile, le aveva gridato che era un essere inutile, il suo più grande sbaglio, che per lei aveva rischiato di perdere qualsiasi cosa.

E soltanto allora, dopo averla picchiata un'ultima volta, Zago si era finalmente deciso a raccontarle il *loro* piano. Il libro era alla base di tutto. Quel libro che lui aveva tradotto appositamente per lei, e che lei non aveva letto. Era «un'idea geniale, totalmente mia, senza l'intromissione di nessuno, senza l'aiuto di nessuno, tutta mia», così continuava a ripeterle, bastava leggerla, bastava seguirla. Come un libretto d'istruzioni.

Ma più Rose ascoltava e più non poteva credere alle proprie orecchie. E non era soltanto il piano delirante di Zago a terrorizzarla, ma ancora di più la nonchalance con cui ammetteva di aver partecipato a una cerimonia in cui Polly aveva perso la vita, per sbaglio, e che allora, soltanto allora gli era venuta l'intuizione geniale di sfruttare il corpo della ragazza per attaccare Blom, per puntare l'attenzione su di lui e sui suoi amici nazistoidi, in modo da far credere, a lui stesso e a tutti gli altri, che i suoi continui malori fossero dovuti al senso di colpa per le colpe passate sue e di suo nonno. «Io e te siamo gli unici, Rose, gli unici a sapere che Blom sta male perché io e te l'abbiamo avvelenato con quei funghi speciali, quelli che uccidono settimane dopo averli assunti.» Rose a quel punto aveva ampiamente intuito come la sua unica possibilità di salvarsi la vita consistesse nel dargli corda. Inutile fargli notare che il *loro* piano lei non lo conosceva affatto, e che se l'avesse conosciuto, mai avrebbe accettato di parteciparvi. Molto meglio fingersi ingenua, stupida persino, di sicuro smemorata, in modo da potergli domandare quale parte del *loro piano* lei non aveva seguito. «Se tu avessi letto le pagine che ti avevo dato lo sapresti! Cazzo, è incredibile come un piano perfetto possa essere distrutto da una disattenzione, da un po' di pigrizia e da molta stupidità... Tu dovevi fare due cose, due cazzo di cose semplici semplici. Dire agli sbirri dei contatti tra Blom e i neonazisti, e raccontare di suo nonno, del figlio di puttana nazista e baro che era stato! E poi dovevi fare lo stesso con i media. Già tu, da sola, con tutti i tuoi follower avresti potuto scatenare un finimondo. A quel punto tutta l'attenzione sarebbe caduta su di lui, Blom. E nessuno avrebbe trovato strana la sua morte, quella che *noi* gli abbiamo inflitto, nessuno avrebbe aperto indagini o fatto analisi: il suicidio di un uomo distrutto dal senso di colpa. Punto.»

L'occhio destro di Zago, più aperto dell'altro, come spalancato, tremava a ogni respiro, esattamente come le vene sopra le tempie, che parevano sul punto di scoppiare. Ormai nemmeno la vedeva più, Rose, sembrava definitivamente rapito dal proprio delirio. E Rose sapeva bene che quando si è prigionieri del delirio altrui, bisogna assecondarlo. Inutile dirgli che lei non era d'accordo, inutile fargli notare che di queste cose loro non avevano mai e poi mai parlato. Secondo Zago il loro patto era implicito, racchiuso nelle loro azioni, nei loro amplessi.

«I nostri corpi si sono promessi una vita assieme» continua a ripetere Zago. «Una vita che la tua codardia ha compromesso, forse per sempre.» Rose legata, drogata, con le labbra rotte e un occhio pesto, gettata sul sedile posteriore di una macchina diretta chissà dove, sa perfettamente che la sua unica speranza di salvezza è interamente racchiusa in quel "forse". Quel forse pronunciato da Zago con il tono dell'amante tradito che però resta innamorato. Per ora. E per ora Rose prova, sforzandosi di celare tutto il disgusto che prova per lui, di fingersi innamorata a sua volta.

torre isolata
donna drogata
pettirosso
mare molto mosso

Il Pinguino si ostina a non memorizzare i numeri di telefono sul cellulare, preferisce usare una vecchia agendina ingiallita e tenuta assieme con vari strati di nastro adesivo. Ma certi numeri, certi numeri che potremmo definire un po' compromettenti, lui li tiene in un'altra agenda: un quaderno rosso in cui ogni numero non corrisponde a un nome, perché i nomi dicono troppo e lo dicono a chiunque li legga, bensì a un disegno, uno scarabocchio che soltanto il Pinguino è in grado di trasformare in un nome, un volto, un ruolo. Adesso, il Pinguino ne è certo, è arrivato il momento di tirar fuori il quaderno rosso e di fare qualche telefonata.

29

Trattoria Nisurin, Piemonte

Dal primo istante in cui ha iniziato a nutrire dubbi su Jacopo Zago, il Pinguino ha subito messo in moto tutti i suoi migliori cercatori di pettegolezzi per saperne di più su di lui. Tutti i suoi contatti e tutti i contatti dei suoi uomini sono stati sollecitati e si sono messi a scandagliare bar, ristoranti, cantine, centri scommesse, case di appuntamenti, ogni luogo in cui la gente tende a lasciarsi sfuggire un segreto, per vanto o per ubriachezza, ogni luogo in cui alle volte, per invidia o semplice sbadataggine un segreto viene smerciato in cambio di una risata o di una faccia sorpresa: adesso è il momento di tirare su le reti e scoprire quel che si è pescato. La trattoria è un luogo strano per farlo? Nient'affatto. Al contrario, il Pinguino non può che mangiare e bere qualcosa. L'alternativa consisterebbe in una scazzottata, in un gesto violento, e lui è un pacifista. Meglio una *merenda sinoira*: quella specie di pranzo estremamente in ritardo o di cena molto anticipata che i contadini piemontesi si concedevano per spezzare le dure giornate in campagna o per festeggiare la fine di un lavoro pesante. Il Pinguino, in compagnia di Gilda gildina, Telesca e alcuni dei suoi informatori, ascolta, ascolta e mastica: tome di pecora tagliate a fette spesse; acciughe al verde con pane e burro; uova sode; una frittatina di carciofi e un fiasco di Barbera per agevolare cibo e parole a trovare la via di casa. Pancia e cervello per il Pinguino sono la stessa cosa. Due nomi per la stessa finalità: fungere da serbatoi, o, ancora meglio, da compostiere. Due posti in cui bisogna ammassare tutte le informazioni e tutte le suggestioni che si riescono a racimolare, per poi trasformarle in qualcosa di utile, salvandole dallo spreco.

Però, per ora, le informazioni che il Pinguino ha ricevuto servono soltanto a confermare le sue supposizioni, ma non fanno procedere di un millimetro le indagini: Zago si fa mantenere dalla moglie, d'accordo, è un donnaiolo e un egocentrico, questo è certo, e ogni suo tentativo imprenditoriale si è concluso con un fiasco. Tutte cose che il Pinguino sapeva già. Il solo dettaglio interessante glielo offre Bernardino Sollievo, un postino magro magro con il naso che pare un becco di corvo, uno che si è fatto una certa fama nei locali di scambisti di tutto il basso Piemonte: Bernardino ricorda la breve e inaspettata polemica che seguì alla pubblicazione di un romanzo di Zago. Polemica che derivava dalla strana e disturbante somiglianza tra una scena contenuta nel libro, una specie di caccia all'uomo, e il ritrovamento del cadavere di una ragazza che sembrava aver patito un'agonia molto simile a quella della vittima romanzesca. Un'agonia troppo simile, a detta dei parenti della ragazza uccisa. Specialmente considerando il fatto che il colpevole di quel crimine non venne mai scoperto. Il Pinguino non ha nemmeno bisogno di controllare: sa benissimo che il cenno a quella storia così legata a un fatto realmente accaduto è contenuto nel libro dalla copertina rossa, quello intitolato *Punica granatum*.

Il Pinguino fa segno a tutti di allontanarsi. Si rende conto che è giunto il momento di approfondire la lettura di quel romanzo. Di quel brutto romanzo che lo ha fatto sospettare di Zago e che, questa la nuova intuizione, forse Zago stesso ha deciso di utilizzare come manuale. Dimenticandosi che ciò che funziona nei libri raramente funziona nella vita reale, e viceversa.

trame
pellame e ossame
verosimiglianza
nuda testimonianza

Il Pinguino è uno scrittore mancato. Nel senso che molto probabilmente avrebbe avuto il talento necessario per scrivere, possiede lo sguardo, la voce e il gusto necessari a scrivere qualcosa di significativo, o almeno qualcosa di genuinamente assurdo. Ma essendo profondamente convinto che di materiale scritto il genere umano ne abbia già prodotto fin troppo, ha preferito dirottare questo suo talento verso la lettura: il Pinguino non è un lettore veloce, anzi, è piuttosto lento, ma a differenza degli altri lettori, di quelli lenti e di quelli velocissimi, lui non ha bisogno di leggere tutte le pagine. Riesce a procedere nella lettura saltando paragrafi, pagine, alle volte capitoli interi, senza però perdere nulla, come certi macellai abilissimi sanno limitarsi a pochissime incisioni per separare legamenti e masse muscolari che a una prima occhiata sembrerebbero indivisibili, lui, il Pinguino ha un fiuto infallibile per le parti del testo di cui ha bisogno per assorbirlo.

La prima intuizione che deriva dalla lettura forsennata del romanzo di Jacopo Zago è in realtà la conferma di un dubbio nato a casa Cometto: il Pinguino è ormai certo che non sia Zago a scrivere i propri romanzi, bensì sua moglie, Ambra Cometto. Ecco spiegato quel foglio dattiloscritto pieno di correzioni recanti la grafia di Ambra. Con tutta probabilità Zago è incaricato di racimolare il materiale grezzo su cui, poi, Ambra lavora.

Certo, al Pinguino sembra improbabile che qualcuno possa essere così certo di farla franca da arrivare a utilizzare i propri crimini come materiale per scrivere dei romanzi disponibili a tutti. Però tutto è possibile, si dice. E se tutto è possibile, sempre tenendo fede a una vicenda narrata nel libro, è il caso di intervenire.

«Telesca, mi chiami subito Rufus Blom» dice il Pinguino. «E poi contatti suo fratello e gli dica che lo voglio a Mondovì alta il prima possibile.»

«Mio fratello?» Telesca è allibita. «Osvaldo?»

«Certo, lui, Telesca. Ne ha altri di fratelli?»

«Ma perché?»

«Perché lei è brava con le porte, ma questa volta avremo bisogno di un fuoriclasse, di uno come lui. Però, prima, devo parlare assolutamente con Rufus Blom. Devo avvertirlo di un grave pericolo.»

«Crede che proveranno a ucciderlo?»

«Temo che abbiano già iniziato, e che siano già a buon punto.»

30

Mondovì alta, Piemonte

Osvaldo, il fratello di Telesca, che tutti a parte lei chiamano Bobby, oppure Bobby Gelato, è un topo d'appartamenti. Un ex topo d'appartamenti per la verità, visto che sono almeno dieci anni che non ha problemi con la giustizia. Ma certe abilità non vanno in prescrizione, come i vecchi crimini, certi talenti, come quello di riuscire ad aprire una porta blindata con il semplice utilizzo di una vecchia radiografia, semplicemente entrano in letargo, pronti a tornare in gioco all'occorrenza. Oggi è il giorno in cui devono uscire dal loro letargo. E il fatto che la persona a richiedere questo servizio sia un poliziotto diverte non poco Osvaldo.

«Come fa a sapere che la Cometto non tornerà tra poco, eh, commissario?» domanda una Telesca giustamente preoccupata.

«Per la stessa ragione per cui ero certo che non l'avremmo trovata a casa. Perché so dov'è.»

«Aspetta un attimo, te» dice Telesca a Osvaldo, che stava iniziando a lavorare sulla porta d'ingresso. «Commissario, ma se lei sa dov'è, invece di far rischiare la galera a mio fratello, perché non l'andiamo a prendere?»

«So che la Cometto, dopo esserci sfuggita, è andata da suo marito. Ma non so dove si trova il marito, e quindi, Osvaldo» dice il Pinguino rivolgendosi al Telesca senior, «prosegua pure.»

Come ipotizzato dal Pinguino, Ambra Cometto deve essere uscita di casa come una furia, impaurita, sovreccitata. L'ultima cosa a cui poteva pensare era di chiudere la porta di casa con un doppio giro di chiave. Ma senza il doppio giro di chiave, come Osvaldo o Bobby Gelato sta per dimostrare, le porte blindate sono poco più di un telo da spiaggia. Basta infilare la radiografia e *clic*, ecco che si spalancano.

La casa è a loro disposizione. E nonostante il nervosismo dell'agente Telesca che si appresta a commettere il primo crimine della sua vita, tutti sanno benissimo cosa bisogna trovare: indizi che possano guidarli al nuovo nascondiglio di Zago.

Gilda gildina è la prima a trovare qualcosa, un mezzo uovo sodo caduto sul pavimento della cucina. Gilda gildina fa in modo che non vada sprecato.

La casa sembra quieta, estremamente curata, esattamente come la prima volta che il Pinguino ci ha messo piede. In verità si tratta di una casa che dà l'impressione di essere rimasta quieta e curata per secoli, ininterrottamente. Il genere di posto in cui anche la polvere si fa scrupoli a svolgere la sua antichissima professione, deragliando volontariamente fuori dalla finestra pur di non intaccare un ordine rigoroso e severo. L'unico dettaglio che tradisce una qualche imperfezione è il cassetto della scrivania lasciato aperto: una minuscola sbavatura che però, all'interno di questo contesto da museo delle cere, attira immediatamente l'attenzione del Pinguino. Il Pinguino si imbatte per prima cosa nella conferma che Ambra Cometto sia proprietaria di un numero incredibile di case: chiavi di tutte le forme, antiche, nuove, corte, spesse, gigantesche, ognuna dotata di un cartellino con sopra scritto il nome della casa o della villa a cui appartiene. Basterebbe sapere quale manca per scoprire dove si è cacciato Zago con Rose Bellamy? Ambra potrebbe aver preso la chiave sbagliata, le chiavi sbagliate. Ma il Pinguino non ci crede. No, l'ipotesi che sia stata lei a scrivere i libri poi pubblicati a nome del marito ha iniziato a suggerirgli una versione nuova e più complessa del rapporto tra i due. Non più una vittima e il suo carceriere, bensì due complici, assolutamente alla pari, intenti a giocare la stessa partita dopo essersi assegnati i ruoli che più di tutti sanno dar loro piacere. Alcune coppie per vincere la monotonia prendono a indossare costumi, a fingersi altri, Zago invece preferisce compiere crimini che poi sua moglie trasforma in romanzi, usando il nome del marito per generosità, o forse per non mischiare il proprio buon nome di accademica con la letteratura di genere.

«Commissario?» Telesca lo chiama dal corridoio. «Come ha fatto a capire che Rufus Blom era stato avvelenato?»

«Sono arrivati i risultati?»

«Sì, ed è come diceva lei. A Blom è stato somministrato un tipo di funghi velenosi che impiega anche fino a due settimane prima di uccidere la vittima.»

«Ci sono possibilità che possa salvarsi?»

«Buone possibilità. Il fegato è conciato male, ma con un trapianto se la caverà. E lei sa meglio di me che i miliardari hanno più fortuna di trovare dei donatori di tutti gli altri. Però non mi ha risposto: come faceva a sapere che Blom era stato avvelenato?»

Il Pinguino sembra ignorarla, intento a sfogliare un voluminoso plico di fogli battuti a macchina. Scorre le pagine con la velocità con cui uno strozzino o uno spacciatore conterebbe delle banconote per controllare che non manchi nulla.

«Ecco» dice il Pinguino porgendo un foglio a Telesca. «Era un'idea che avevano avuto per uno dei libri di Zago, ecco come l'ho scoperto.»

«Avevano?» domanda Telesca leggendo l'originale del passaggio incriminato.

«Credo che Zago avesse il ruolo di portare a casa il materiale, materiale che poi Ambra Cometto trasformava in letteratura. Ma anche lei ogni tanto ci metteva una idea sua, questa, quella dei funghi che uccidono settimane dopo averli ingeriti, sono sicuro che l'abbia avuta lei. In fondo ha duemila specializzazioni, tra cui una in micologia.»

«Ma non ha senso. Perché mettere in pratica un'idea contenuta in un loro libro? Sarebbe un po' come autoaccusarsi pubblicamente.»

«Il libro di cui parliamo ne contiene un'altra che ne causò il ritiro dagli scaffali pochi giorni dopo l'uscita, non credo l'abbia letto praticamente nessuno. E poi, io sospetto che l'idea originaria sia della Cometto, ma che l'applicazione pratica sia tutta farina del sacco di Zago.»

«Da cosa lo deduce?»

«Credo che il litigio tra Cometto e Zago durante la cena a casa Blom fosse dovuto proprio alla storia dei funghi velenosi. Zago si è offerto di occuparsi dei funghi e sua moglie deve essersi resa conto che il piatto per il padrone di casa conteneva un'aggiunta particolarmente significativa. La Cometto a quel punto non poteva dire la verità, non poteva impedire a Blom di mangiarli, e allora sentendosi tradita, ha perso la pazienza. E trattandosi di una persona molto intelligente, deve aver capito che il motivo per cui suo marito stava giocando una partita tanto rischiosa non poteva che essere Rose Bellamy. Quindi alla sensazione di tradimento si è aggiunta la gelosia.»

«Zago voleva sbarazzarsi di un rivale?»

«Sì, ma non solo.»

«E che c'entra Polly Levi?»

«L'omicidio di Polly nel libro non compare, immagino sia stata un'idea di Zago, un suo modo di improvvisare. Mentre le accuse di complicità coi nazisti rivolte a Blom nel libro sono incentrate sulla pedofilia, ma il succo non cambia: l'idea è sempre quella di montare una campagna di diffamazione allo scopo di portare l'attenzione altrove, mentre la vittima viene uccisa dall'effetto del veleno. La differenza è che nel libro il piano, per quanto assurdo, funziona. Nella realtà, spero proprio di no.»

Telesca resta impalata a leggere il romanzo di Zago, o della moglie. Non avrebbe mai e poi mai immaginato di ritrovarsi a indagare su di un caso di cui esisteva già una specie di canovaccio, o sceneggiatura. Il Pinguino invece è intento a controllare le altre stanze della casa, in particolar modo quella di Zago, che durante il primo, breve sopralluogo gli era sembrata interessante. Telesca scopre che l'aspetto più singolare dell'avvelenamento descritto nel libro, e tentato per davvero da Zago, consiste nella sua dinamica particolarmente beffarda: se infatti, nei giorni successivi alla sua assunzione, il fungo provoca dei disturbi di varia natura, come quelli di cui anche Rufus Blom è stato vittima, generalmente, trascorsa una settimana, la vittima torna a sentirsi in forma. Trascorsi altri cinque o sette giorni però, il veleno inizia un secondo attacco, ed è quello fulmineo e mortale.

«Telesca!» Il Pinguino la chiama dalla stanza di Zago.

L'agente Telesca passando davanti alla cucina nota Osvaldo intento a sorseggiare un caffè che si è appena preparato. Gli si ferma davanti con uno sguardo che vale sia come interrogativo che come rimprovero.

«Che c'è?» domanda Osvaldo. «L'ho sempre fatto, in tutte le case in cui sono entrato, e mi ha sempre portato fortuna.»

«E com'è che l'ultima volta ti hanno arrestato allora?»

«Perché non avevo avuto il tempo di farmi il caffè, ecco perché quella volta mi è andata male.»

«Telesca!» Di nuovo il Pinguino.

Telesca rimane subito colpita dai numerosi disegni presenti nella stanza di Zago. Disegni che nello stile richiamano con tutta evidenza quello delle copertine dei suoi romanzi, ma con dettagli decisamente più erotici. Rose Bellamy è la protagonista indiscussa di queste opere: distesa sopra un divano, appoggiata a un muro di pietra, nascosta dietro una siepe, con lo sguardo rivolto verso chi l'osserva oppure di spalle, quasi sempre nuda.

«La vita di coppia per me è un mistero, più o meno come la logica per Listeddu» dice il Pinguino sottoponendo a Telesca una serie di dieci disegni. «Però non fatico a immaginare come ogni coppia possa avere un proprio luogo, un luogo a cui la loro storia sia legata in modo particolare. E io credo che questo sia il posto di Zago e Rose, e che è lì che li possiamo trovare.»

Telesca osserva i disegni che il Pinguino ha disposto sul letto. In principio le sembrano nient'altro che gli ennesimi ritratti di Rose nuda. Ma poi si rende conto che sono gli unici eseguiti verosimilmente all'aperto, con Rose appoggiata al muro screpolato di una vecchia cascina.

«Di cascine così ce ne sono ovunque, commissario» dice Telesca immaginando che il Pinguino l'abbia chiamata per farsi aiutare a localizzarla.

«Di cascine sì» dice il Pinguino indicando una parte laterale del disegno. «Ma di castelli così no. Non con queste tre torri rotonde. Dico bene?»

«Il castello di Castiglione Falletto.»

«Muoviamoci.»

verità nuda
culla di Giuda
castello
ultimo appello

31

Castiglione Falletto, Piemonte

Gilda gildina è l'unica allegra nella macchina. Ha appena finito di divorare un pacchetto di cracker che Osvaldo le ha regalato prima di tornarsene a casa, e adesso si gode il viaggio tenendo il muso fuori dal finestrino, con le orecchie che rimbalzano impazzite smosse dalla corrente, alternando abbaiate a scodinzolii ugualmente casuali. Gli altri passeggeri – il Pinguino, Telesca e Listeddu – sono nervosi, perché si rendono conto di perdere tempo prezioso.

Va detto che trovare un luogo, una casa, basandosi su un disegno non è facile nemmeno se il disegno è particolarmente realistico. Se poi il disegno che fa da mappa è eseguito con uno stile volutamente nervoso, quasi violento, il rischio che la prospettiva tragga in inganno è molto elevato. Per fortuna Listeddu è un pilota non abile come Raviola, ma preciso, metodico. E anche adesso, ritrovandosi per la terza volta davanti a un vicolo cieco, la sua unica reazione consiste nel dare una rapida occhiata allo specchietto retrovisore per poi fare marcia indietro.

«Ma quindi è stato lui?» domanda Telesca a un Pinguino intento a studiare il disegno di Zago come se fosse la mappa del tesoro.

«Sì, è stato Zago a ingaggiare l'amico di Polly Levi, il gigante, e dargli le informazioni riguardanti il passato di Blom.»

«E lui quelle informazioni dove le ha prese?»

«Il nonno di Ambra Cometto era un uomo potente e molto chiacchierato. Diciamo che fu uno dei tanti capaci di fare affari con i fascisti e riciclarsi tra gli antifascisti con un tempismo ammirevole.»

«E che c'entra col nonno di Blom?»

«C'entra, c'entra. Nella libreria di casa Cometto ho trovato un libro strano. Anzi, più che un libro è una sorta di armadio pieno di scheletri altrui. Il nonno della Cometto l'aveva riempito di segreti altrui, quel genere di segreti che avrebbero potuto distruggere la vita di molti.»

«Lei pensa che l'usasse per fare dei ricatti?»

«Possibile ma non per forza. Alle volte conoscere i peccati altrui è il miglior modo per convincerli a non farti la guerra.»

«Eccola!» Listeddu interviene indicando una casa di campagna dai muri colorati di un giallo intenso, simile a quello del grano.

Il Pinguino controlla il disegno e sorride. La casa è proprio quella.

«Abbiamo a che fare con un uomo disperato, che è la categoria più pericolosa al mondo» dice il Pinguino. «E per di più questo è un disperato che ha già ucciso.

Quindi vediamo di fare molta attenzione. Per noi, e per Rose Bellamy.»

«Se è ancora viva» dice Listeddu fermando il motore.

«Lo è» dice il Pinguino, che odia questo genere di risposte, ma odia ancora di più chi coltiva dubbi utili soltanto ad aggravare una situazione già difficile.

Gilda gildina viene lasciata in macchina e i tre si avvicinano alla casa di buon passo. Non c'è nessuno nei paraggi. La torre centrale del castello spicca verso il cielo come un solitario punto esclamativo, mentre il sole inizia a farsi rosso e si dedica a disegnare ombre sempre più dilatate e profonde.

Il Pinguino è vicino alla porta d'ingresso, avvicina l'orecchio alla porta, nessun rumore. Telesca e Listeddu hanno fatto il giro della casa per controllare se vi siano tracce di Zago e Rose, o almeno una porta o una finestra aperta. Il Pinguino immagina che la porta sia chiusa a chiave, e invece la trova aperta. La apre con molta lentezza. Ma la sua attenzione non basta a evitare che i cardini scricchiolino, producendo un verso stridente e acuto. Non volendo aggiungere rumore al rumore, il Pinguino si maledice in silenzio. E poi si fa coraggio e spalanca la porta. Il salotto è piuttosto spoglio, e dall'ingresso si intravede la cucina, piccola, vuota. Nessuna traccia di Zago, nessuna traccia di Rose. Soltanto Listeddu e Telesca, entrati dalla porta sul retro. Strana idea per un rapitore quella di lasciare tutte le porte aperte. Il Pinguino inizia a temere di essersi sbagliato. Non può impedirsi di ricordare come proprio a causa di un errore simile – l'aver puntato tutto sull'indirizzo sbagliato – si fece scappare l'uomo che aveva sparato alla sua Ava, un uomo che ancora gli sfugge.

Per questo il battito del cuore gli rimbomba nelle orecchie assordante e doloroso, come dopo una bevuta eccessiva. Ogni scalino che porta al piano di sopra non fa altro che acuire il dolore. Oltre al battito del cuore non ci sono altri suoni. La casa è vuota. Rose scomparsa, o peggio.

E invece no. Alle volte anche un flebile rumore può significare tanto se non tutto. Persino il suono prodotto da una bocca imbavagliata. Rose Bellamy è stesa a pancia in giù sopra un materasso, ha le mani legate dietro la schiena, e le caviglie chiuse dentro molti giri di rafia sintetica, una corda verde normalmente usata per legare le piante, i pomodori.

Il Pinguino le libera le mani e l'aiuta a voltarsi. Rose ha gli occhi pieni di lacrime, si lascia togliere il bavaglio, e quando il Pinguino le domanda dove sia andato Zago, risponde di aver sentito la voce della moglie di Zago, che lo chiamava da fuori, poi lui è uscito e non è più tornato.

«Ho paura che le abbia fatto del male» dice Rose asciugandosi gli occhi e la bocca. «Perché ho sentito un rumore come di colluttazione. E poi nient'altro, solo il motore della macchina che si allontanava.»

aglio
bavaglio
peperoncino
prete albino

32

Piccola città antica, Piemonte

Il Notaio ama il piumaggio dei volatili ma detesta il rumore prodotto dai loro vocalizzi. Potrebbe circondarsi di animali impagliati, certo, potrebbe farlo se non ritenesse la tassidermia nient'altro che un modo goffo per rovinare lo splendore cromatico degli animali, una parodia involontaria della magnificenza prodotta dalla natura. Per questo motivo il Notaio si vede costretto a percorrere una terza via, più elaborata ma non di meno necessaria: prima di essere introdotti all'interno delle enormi voliere che occupano la parte periferica della sua villa, ai suoi volatili vengono recise le corde vocali. Non avvertire un singolo cinguettio o gracchiamento, seppur circondati da uccelli di tutti i tipi intenti a sbattere le ali o a volare, o semplicemente appollaiati sopra i rami che abbelliscono le voliere, produce sui rari visitatori un effetto piuttosto straniante: il suono prodotto dalle ali, e privato delle voci, specialmente ai visitatori dotati di maggior sensibilità, fa pensare a una foresta di bambù smossa da un vento capriccioso e volubile.

Una foresta di bambù dotata di carne, però, carne e deiezioni.

Ambra Cometto appartiene certamente alla categoria dei visitatori dotati di grande sensibilità. Ma al momento, Ambra è troppo presa dall'ascolto del proprio terrore per poter badare a qualsiasi altra cosa. Sa bene di essere in ritardo. Sa bene che sarebbe dovuta intervenire ben prima. Se non l'ha fatto, se ha permesso che le cose sfuggissero al suo controllo fino a deragliare, è per un motivo che la umilia: perché era gelosa. Un sentimento che lei ha sempre considerato tra i più stupidi e dozzinali. Era certa di averlo superato per sempre, era sicura di aver imparato a gioire delle storie e storielle di suo marito, facendole diventare parte di un erotismo più ampio e raffinato: un tipo di erotismo decisamente fuori portata per le procaci ragazzette che Jacopo si portava a letto di tanto in tanto. Lei, dei due, è sempre stata al comando. La sua figura pubblica, quella di moglie ricca, tradita e paziente, è sempre stata lo schermo perfetto che le ha permesso di sviluppare una vita che altrimenti l'avrebbe resa troppo esposta al giudizio altrui. "La vittima", "la cornuta e felice" e "la poveretta" quando non "la povera scema" sono le migliori maschere per nascondere il potere di una donna potente nella provincia del mondo: questa è sempre stata la sua teoria. Usare Jacopo, usarlo con tutto l'amore possibile, affinché lui facesse esperienza del mondo, e che infine quel mondo, lui, glielo riportasse indietro, come dono. Per poi trasformare quel materiale vivo e selvaggio in una sorta di piacere quieto, traducendolo in fantasie private a loro uso esclusivo. E con il resto, con gli scarti, produrre quei libri che hanno permesso a Jacopo di possedere un ruolo, per quanto marginale, da esibire in società.

«Ambra, carissima.»

Quando il Notaio entra nella stanza i volatili smettono di sbattere le ali. Anche Ambra resta immobile, come paralizzata. Ma lei non ha piume colorate a coprirle il corpo, e la luce, che piove dall'alto, illumina un viso emaciato, bianchiccio come certi tessuti lavati troppe volte, e un abbigliamento quasi sciatto, caratterizzato da quegli accostamenti che fanno pensare a una fuga precipitosa.

«Sono giorni che ti aspetto» dice il Notaio dando da mangiare granaglie ai volatili. «E lo sai bene, il ritardo delle persone per cui si nutre grande affetto somiglia al male d'amore, quando ogni piccola cosa, ogni dettaglio, per quanto sciocco, non fa che spingerci a pensare e ripensare alla persona amata.»

«Speravo di risolvere il problema senza disturbarti» dice Ambra sforzandosi di parlare con la propria voce e non con la voce incrinata dalla paura.

«C'è molta speranza, cara Ambra, ma nessuna per noi. Hai dimenticato Kafka? Per questo tremi, per questo ti presenti a casa mia in ritardo, a pochi battiti di cuore dal disastro? Speranza e dimenticanza, tutto l'orrore grasso e viscido della rima, ecco con cosa ti presenti davanti a me.»

«Non sapevo che avessi incontrato Jacopo.»

«Non hai notato il segno che gli ho disegnato sul

collo? Strano. Ti facevo meno distratta, ma evidentemente sbagliavo. In effetti non sapevi nemmeno che Jacopo avesse ucciso Polly Levi, troppe distrazioni, Ambra cara, troppe dimenticanze.» Il Notaio traccia un semicerchio ampio e lento attorno ad Ambra, i volatili si avvicinano alle sbarre per ricevere le loro amate granaglie. «Eppure quando mi pregasti di accettarlo, il tuo maritino, e di farlo diventare uno di noi, lo ricordo bene, mi rassicurasti dicendo che saresti stata tu a disegnare ogni suo passo, anticipandolo, guidandolo, affinché il sangue non subisse alcun sussulto, affinché continuasse a scorrere profondo e calmo, come quello dei padri. E invece, Ambra carissima, e invece eccoci qui: circondati da quest'odore di caserma, da quest'atmosfera squallida, fatta di interrogatori, depistaggi e frenesia.»

«Non tutto è perduto» dice Ambra con un filo di voce.

«Questo lo pensa anche il carciofo, dopo che è stato privato dei petali esterni. Quel che resta pensa la stessa cosa. Non tutto è perduto. Ma poi ecco che il coltello arriva a tagliarlo a metà. E ognuna delle due metà pensa, ancora una volta, che non tutto è perduto. Ma poi la lama torna a sezionare, formando strisce sempre più fini, che finiscono nell'olio bollente, e poi in bocca, tra i denti, e poi ancora più giù, nel buio della gola, e infine nel buio indefinito dello stomaco. Tu conosci l'apparato digerente dei volatili, Ambra?»

«So bene di aver sbagliato. Ma sono pronta a fare...»

«Ti ho fatto una domanda: conosci l'apparato digerente dei volatili? Immagino di sì, tenendo conto dei tuoi studi accademici.»

«Devo essermi occupata di ornitologia, ma è passato tanto tempo.»

«Allora lascia che io ti rinfreschi la memoria. Un autore russo una volta scrisse: quando vai a comprare un uccello controllagli i denti, se ha i denti non è un uccello. Che è una frase divertente, assurda e divertente come spesso è la vita per chi non conosce la verità. Ma noi, Ambra, noi che abbiamo scelto di servirla, la verità, certi divertimenti e certe assurdità non possiamo permetterceli. Mi segui? Noi dobbiamo sapere che anche i volatili hanno i denti. Soltanto che non vanno cercati dentro le loro bocche, ma all'interno di uno dei due stomaci di cui dispongono. Li vedi? Li vedi come ingoiano i semi tutti interi? Voltati, Ambra, odio parlare con la tua nuca.»

Ambra invece odia eseguire gli ordini. Ma non ha altra scelta e fa come gli è stato detto. Si volta e osserva il Notaio che le dà le spalle, intento a imboccare i suoi uccelli con lentezza estrema. Lui è il solo che possa salvare lei e suo marito. Ma non è assolutamente detto che voglia farlo. Il Notaio è notoriamente fedele alle proprie leggi, ma visto che nessuno è mai stato in grado di decodificarle, il suo comportamento è impossibile da prevedere.

«Non è struggente la fiducia con cui queste creature ingoiano semi che potrebbero tranquillamente strozzarli? Non è un grande insegnamento la fiducia che sono in grado di riporre nei loro denti interni e invisibili? Tu, cara, dolce Ambra, adesso che ti avvicini alla disperazione più nera, ti rivolgi a me fingendo di disporre di questa stessa fiducia cieca e feroce. Ma è una bugia. Se tu l'avessi avuta, Ambra, saresti venuta da me subito. Subito dopo aver capito che tuo marito aveva azzardato un piano senza prima consultarti. Come tu stessa hai fatto molte, troppe volte.»

«Sai bene che ho il massimo rispetto per te.»

«No. Tu non hai rispetto per me. Tu ti affidi al legame che mi univa a tuo padre, tu confidi nella mia magnanimità pensandoti speciale ai miei occhi. E hai ragione. Hai ragione, perché tuo padre è stato un amico e un maestro. E hai ragione perché l'affetto che ancora nutro per lui mi costringe a considerarti speciale. Altrimenti già da parecchio tempo avrei punito te e quell'idiota di tuo marito per quegli stupidi libri che tu scrivi e che lui pubblica a nome suo.»

Il Notaio interrompe la propria lentezza ipnotica eseguendo uno scatto verso Ambra, prendendole il viso tra le mani, con forza, e costringendola a fissarlo negli occhi.

«Tu credi che tutto dipenda da me, e questo fa di te una povera sciocca, un'illusa. Io non sono il capo dei capi, e noi non siamo una specie di associazione a delinquere. E c'è un limite, Ambra, un limite per tutti. Anche per me. E il tuo comportamento mi ha costretto ad avvicinarlo, capisci, mi ha esposto a pericoli che non meritavo. Sei pronta a rimediare?»

«Lo sono» dice Ambra con una voce terrorizzata.

«Bene» dice il Notaio l'attimo prima di spezzarle il

naso. Senza cambiare la propria espressione, in equilibrio tra un'apparente sonnolenza e la pace interiore, il Notaio le ha spinto il volto con la mano destra e l'ha colpita in senso opposto con la sinistra, non con le nocche ma con il palmo, provocando un rumore crudo e breve, quello della cartilagine che si spezza, si torce, e subito ritorna al proprio posto. Con l'aggiunta del sangue, rosso ricco che sulla pelle bianca furoreggia come una tempesta di papaveri.

«Dirai di essere corsa da tuo marito.» Il Notaio si pulisce dal sangue sfregando la mano sulle sbarre della voliera. «Dirai che lui ti ha aggredita e che dopo averti colpita è corso via, dirai che non sembrava nemmeno lui, che aveva una faccia da matto. Parlerai con un vocabolario ridotto, come se a parlare fosse una versione semplificata di te stessa, come se a guidare il tuo eloquio non fossero i tuoi studi e le tue letture ma il tuo dolore. Un dolore che devi immaginare identico a un riccio di mare, aguzzo, lucente e chiuso su se stesso. Mi segui, Ambra? Inizi a capire che tipo di traiettoria dovremmo imporre alle ore a seguire?»

Ambra Cometto piange. Piange silenziosamente, in profondità, cerca di concentrarsi sul dolore che avverte al naso ma fallisce: perché è il dolore per la condanna a morte che il Notaio impartisce a suo marito a spezzarle il cuore. E ancora di più, il dolore causato dal suo timido annuire, il dolore causato dal modo in cui lei accetta tutto ciò.

«E la ragazza?» domanda singhiozzando.

«Lei deve restare in vita. Ha il compito di confermare la versione che più ci fa comodo. Che tuo marito è impazzito e che l'ha rapita. Fino a quando tu sei arrivata a salvarla.»

«Salvarla?»

«Lo stai per fare, cara Ambra. Ma non di persona, purtroppo per quello non c'è più tempo. Ho infatti paura che il commissario che ci è toccato in sorte, sfortuna nella sfortuna, sia insolitamente dotato, e con buone probabilità abbia già immaginato dove trovare Jacopo e Rose.»

«Ma allora come faccio a salvare la ragazza?»

«Non c'è bisogno che tu sia presente» dice il Notaio accarezzandole il viso. «Alcune persone fidate sono già nei paraggi della casa in cui si è rifugiato Jacopo. Saranno loro a farlo uscire usando la registrazione della tua voce.»

«Quale registrazione?»

«Quella che stai per fare, Ambra» dice il Notaio accarezzandole nuovamente il viso. «Di là c'è la mia segretaria pronta a registrarti. Anche il testo che dovrai leggere è già pronto, non preoccuparti. Ho pensato a tutto.»

Ambra avrebbe voglia di mozzargli il dito con i denti, e invece rimane immobile. Quindi si alza in piedi, rigida, robotica, e si avvia fuori.

«Aspetta» dice il Notaio quando lei è già quasi sulla porta. «Se vai via adesso, rischi di perderti il cambio della guardia. E sarebbe un peccato, l'ennesimo.»

Il Notaio alza entrambe le mani, lentamente, verso l'alto. E poi si ferma, immobile, per quattro, cinque secondi. E quindi le abbassa, di colpo. E in quello stesso istante, come se si fosse trattato di un ordine, tutti gli uccelli crollano a terra all'unisono.

«Cambio sempre tutti i miei amati animali ogni tre mesi. Perché l'amore non dovrebbe mai compromettersi con l'abitudine, o, peggio ancora, con la noia. Ma come hai potuto constatare, nessuno di loro ha sofferto. Al contrario, erano felici di mangiare. Non potrei mai farli soffrire. Questo è il mio stile, Ambra. Non temere, nemmeno lui soffrirà. La sua fine, per quello che lui potrà capire, arriverà nello stesso luogo in cui potrebbe iniziare la salvezza, la fuga. Finirà sorridendo, il tuo amore, finirà sperando che tu stia per salvarlo, che è come non finire mai.»

32 ½

Latte, Liguria

Messaggio vocale di Piera, la mamma del Pinguino: «Lo so, lo so che sembra una roba da matti, da una che non ha tutti i giovedì. Però tu invece ricordatelo, perché io è una vita che ci faccio caso. Se tu cucini qualcosa usando della maggiorana, che ne so, dei fiori ripieni, o una torta verde, o la metti anche solo nel ripieno delle polpette, è un conto. Ma se tu quelle cose le prepari e non la chiami maggiorana, ma la chiami persa, o persia, come si dice da noi, lei cambia, migliora. Il gusto si fa più acuto, più ampio, più accogliente. E tu lo sai che io i campanilismi li detesto, quindi non racconto questa cosa per glorificare il dialetto, i dialetti e i bei tempi andati, che ogni tempo ha le sue maledizioni, no, il fatto è un altro: è che alla maggiorana piace essere chiamata persia, perché dentro quel nome c'è qualcosa di familiare, di intimo. Lei sente di essere stata chiamata così da tante voci e tante volte, e allora si offre al meglio. Collabora. Sente di essere sfuggita dal vocabolario ed è come se iniziasse a divertirsi. E poi, sapere che nel modo in cui noi la chiamiamo, persa, che vuol dire persia, sapere che c'è anche un errore di fondo, perché lei arriva dall'Africa settentrionale, mica dalla Persia, secondo me la fa anche divertire, e il gusto migliora proprio perché lei ride. Queste piccole foglioline, quando le senti in bocca, sembrano ridere fuori tutta una stagione, sembrano voler dare indietro tutto il sole che hanno vissuto e capito. Loro. Loro lo hanno capito, il sole. Perché noi, invece, sembra che noi capiamo meglio le ombre».

33

I calanchi, Clavesana, Piemonte

Gogo è un vecchio bassethound con problemi di artrite e diabete a cui piace scappare di casa. Lo fa ogni settimana, una o due volte, e non perché sogni chissà quale libertà, e nemmeno per andare a rubare i biscotti della signora Giovanna, ma perché ama essere inseguito dai suoi padroni. Specialmente da Beppe, Beppe Gladio, con la sua testa pelata e luccicante e i gilet con tante tasche, che quando si mette sulle sue tracce bestemmia i santi con un trasporto raro: a Gogo quelle bestemmie esplose verso il cielo sembrano delle bellissime dichiarazioni d'amore, il vecchio cane ci ritrova un'intensità commovente, come fossero baci appassionati. Per questo scappa, per ottenere dichiarazioni d'amore che lo aiutino a ignorare i dolori e gli acciacchi causati dall'età. La via di fuga è sempre la stessa. Dalla cascina in cui abita ormai da quindici anni si dirige a passo spedito verso il fiume. Prima di raggiungerlo c'è da attraversare un campo incolto, triste, largo e sbiadito, che al vecchio cane mette un po' di malinconia. Per tenere alto l'umore, Gogo sniffa le pisciate degli altri animali e ci aggiunge le proprie, è come un chiacchiericcio fatto di odori pungenti, un modo che hanno gli animali per rilasciare dichiarazioni e per prendere in giro il tempo che finge di passare e invece resta immobile, come una trappola per tordi. Qua e là ci sono i crateri provocati dai cinghiali bramosi di mangiare radici e vermi, e anche i buchi scavati dalle talpe, e poi i primi muschi, i cui verdi e viola e marroni si preoccupano di anticipare l'arrivo del fiume, dell'acqua, dell'umidità. Ma da questo punto, e specialmente dalla prospettiva di Gogo, ciò che spicca non è il fiume – la vegetazione nasconde il Tanaro perché il fiume pretende vicinanza prima di mostrarsi –, ciò che colpisce la vista di cani, gatti, uomini e maiali sono i calanchi: montagne, dune, sabbie ostinate che mantengono una postura fiera, aiutate dalla vegetazione che cresce loro addosso, ma soltanto in alcuni punti, più profondi, incassati come l'incavo di un avambraccio o di un ginocchio, e proprio affinché le altre zone, quelle sabbiose, possano risplendere con ancora maggior ferocia. Bianchi, grigi e marroni che a seconda dell'ora del giorno sanno assorbire la luce del sole e tradurla in tonalità dorate, oppure, come adesso che il tramonto si avvicina, in rossi infuocati, degni di un cuore d'autunno. Gogo si ferma a contemplare questa immane muraglia naturale che sembra fatta di ruggine e miele, di erica secca e sabbia umida. Quando sente la voce di Beppe, quando sente i suoi passi che si avvicinano, allora Gogo si mette in marcia. Attraversa gli arbusti spinosi e le piante aggrovigliate che lo separano dal fiume, affonda nella terra che diventa sempre più simile alla sabbia, e infine raggiunge l'acqua. L'odore dell'acqua è ampio e rotondo, è un odore che disseta e fa venire voglia di bagnarsi le zampe. Gogo infila il naso dentro il fiume, si unisce all'immagine capovolta dei calanchi e della vegetazione che già galleggia sul manto acquoso smosso appena dalla corrente. Si rivede riflesso nell'acqua, Gogo, e poi vede anche Beppe, che l'ha raggiunto con ancora la bocca distorta dall'ultima bestemmia. Ma per una volta Beppe non sembra procedere spedito verso di lui, desideroso di dargli un pugno o un calcio, no, Beppe sembra essersi trasformato in un arbusto secco, in un pupazzo di sale. Soltanto a questo punto Gogo si rende conto che a una decina di metri, dentro la stessa acqua che gli bagna le zampe, c'è qualcosa. O meglio, qualcuno. Un uomo, con i capelli scuri impiastricciati di sangue e sparpagliati sulla superficie del fiume che vanno a formare un'aureola buia, abbrustolita. Il volto non si riesce a scorgere, è girato all'ingiù, verso il fondale, e il corpo è immobile, come se quella ferita profonda che rosseggia sulla tempia l'avesse svuotato di ogni sostanza, di ogni grammo di vita. E infatti i calanchi sembrano provare pena, persino vergogna, e lo dimostrano tingendosi di un rosso simile a quello del sangue, un rosso che cresce d'intensità sino a farsi cupo come quello delle melagrane troppo mature. Soltanto adesso Beppe Gladio si accorge di un altro dettaglio, di un suono, il rumore di qualcuno che piange: allora si volta e la vede. Vede

Ambra Cometto con il naso coperto di sangue, e poco davanti a lei una pistola, abbandonata a metà strada tra la sabbia e l'acqua del fiume.

elegia
cupa calligrafia
dazio
duro strazio

34

Ospedale di Mondovì, Piemonte

Quando riceve la telefonata in cui gli viene comunicato che Jacopo Zago si è ucciso davanti a sua moglie, e che lei, Ambra Cometto, sta tutto sommato bene, fatta eccezione per un pugno che le ha fratturato il setto nasale e l'inevitabile stato di choc, il Pinguino è intento a osservare Raviola vittima di una sorta di rapimento mistico e sensuale: da quando il commissario gli ha donato un lembo di reggiseno appartenuto a Rose Bellamy, ritrovato nella cascina in cui Zago l'aveva tenuta prigioniera, Raviola non smette di portarselo al viso inspirando come un sub soccorso a poche frazioni di secondo dall'annegamento, con le narici che si spalancano sino a diventare grandi come gli occhi e la bocca talmente larga che sembra sul punto di ingoiare il tessuto in un solo boccone.

«Raviola, la smetta di fare così» dice il Pinguino al termine della conversazione telefonica, «c'è l'infermiera che la guarda con orrore.»

«La Betty?» Raviola si volta di scatto verso l'infermiera e le lancia un bacio con la mano. «Ma se quella è pazza di me, commissario.»

La Betty è così pazza di Raviola che, prima di abbandonare la stanza col passo di chi abbandonerebbe volentieri la razza umana, gli lancia un'antichissima maledizione in rumeno, sua lingua madre: qualcosa riguardante la caduta dei peli, dei capelli, e di altre parti più fragili e nascoste.

«Chi era al telefono, commissario?»

«La Rama.»

«La magistrata? Ci sono novità?»

«Zago si è sparato.»

«Oh, Madonna, e sua moglie?»

«Viva.»

«Zago non l'ha ammazzata?»

«No, sembra che si sia limitato a darle un pugno.»

«E allora non capisco.»

«Cos'è che non capisce, Raviola?»

«Non capisco la sua faccia, commissario. Mi scusi eh, però, voglio dire, per essere uno che ha appena salvato Blom da un avvelenamento, e la mia Rose da un pazzo assassino, voglio dire, dovrebbe essere al settimo cielo. O no? Cazzo, ha risolto il caso, ha anche arrestato quel nano maledetto. E invece ha la faccia di uno che non riesce ad andare di corpo dall'86. Ma una soddisfazione, lei, proprio non vuole prendersela mai?»

Il Pinguino abbozza un sorriso perché Raviola, per una volta, non ha tutti i torti. Le cose potevano andare molto peggio. Ma nonostante tutto non riesce a togliersi dalla testa la certezza che troppi aspetti del caso siano rimasti irrisolti. Il ruolo stesso di Ambra Cometto, per esempio. E poi gli altri protagonisti che sono riusciti a restare nell'ombra. Perché Zago, questo è certo, ha avuto altri complici al di fuori di Franchino. Ma il Pinguino non può provarlo.

«William Blake era un poeta inglese» risponde il Pinguino. «E fu lui a scrivere "nascono alcuni al soave diletto, nascono alcuni a infinita notte".»

«E lei invece è nato scomodo» dice Raviola tornando a odorare il lembo di reggiseno.

«Esatto, Raviola, io nasco scomodo, e scomodo rimango. Però già che il caso è ufficialmente chiuso, adesso me ne vado in Liguria, perché tanto, rimuginare per rimuginare, preferisco farlo a mollo nel mare.»

autunno
brutto grugno
riposo
difettoso

35

Borgo San Dalmazzo, Piemonte

Listeddu aveva scommesso che sarebbero riusciti a salvare la vita di Rose Bellamy, Telesca, forse per scaramanzia, aveva puntato sulla morte della futura signora Blom. Per una volta Listeddu è uscito vincitore. E quindi eccolo, anzi, eccoli, vestiti come due cowboy mentre bevono una birra media in un pub affollato in cui tutti gli altri avventori sono invece vestiti normalmente.

«T'ammazzerei» sibila Telesca, cercando di evitare lo sguardo divertito degli sconosciuti.

«Senti, ma è colpa mia se quest'anno il rodeo è stato annullato? No, dico, l'hanno sempre fatto, pure durante la pandemia, e quest'anno invece salta. Come facevo a saperlo?»

«Intanto siamo gli unici due stronzi vestiti da cowboy.»

«Esagerata, adesso, non siamo mica vestiti da cowboy, siamo giusto un po' sul versante, come dire, sportivo.»

«Sportivo?! Hai gli stivali con gli speroni, Listeddu,

gli speroni, e mi hai anche obbligata a mettere il sombrero.»

«Ti sta bene, il sombrero.»

«Te lo farei ingoiare, 'sto sombrero.»

«Lascia fare, che arrivano i nostri panini e preferisco ingoiarmi uno di quelli» dice Listeddu indicando una cameriera dallo sguardo truce che cammina nella loro direzione.

La cameriera butta i panini sul tavolo senza aggiungere una parola, si volta dando loro la schiena e quindi si fa largo tra i bevitori fino a raggiungere la postazione da karaoke, dove attacca una versione di *Total Eclipse of the Heart* che non sfigurerebbe in una sala di tortura a Guantanamo.

«Mi è passata la fame» dice Telesca sbuffando.

«Non preoccuparti» interviene Listeddu. «Se non ti va, il tuo me lo mangio io volentieri. Ma, già che non mangi, non è che avresti voglia di spiegarmi meglio la faccenda?»

«Che faccenda? Quella di due stronzi vestiti da rodeo in una paninoteca karaoke?»

«No, no» dice Listeddu a bocca piena. «La faccenda del tipo che si è ucciso.»

«Facciamo così, Listeddu, tu cosa hai capito del caso che abbiamo appena risolto?»

«Mica troppo» dice Listeddu.

«Niente?»

«Eh, no! Niente è troppo poco, qualcosa, qualcosina l'ho capita.»

«Tipo?»

«Tipo che lo scrittore lì, Zago, aveva avvelenato il riccone, Blom, ma con dei funghi che funzionano piano piano, e che sempre Zago, assieme a un gruppo di non so chi che si faceva chiamare Melograno, ha ammazzato Polly Levi, forse per sbaglio, tipo durante una specie di gang bang nei boschi, e anche se l'aveva ammazzata per sbaglio, ha deciso di sfruttare la cosa ordinando al nano che ha sparato a Raviola di piazzarla a bordo strada, per mettere altro pepe al culo al riccone, Blom, che aveva un nonno nazista. No? O forse era nazista anche lui? Comunque poi il nano ha sparato anche all'amico di Polly Levi, il gigante, perché di sicuro sapeva o aveva visto qualcosa, e sia il nano che Zago volevano proteggersi, e nel mentre Zago, Mister Melograno, ha rapito la moglie di Blom, perché si era innamorato, e anche perché, evidentemente, avvelenare Blom non gli bastava. E poi però niente, l'ha rapita ma l'ha anche lasciata stare, e in compenso ha dato un pugno in faccia a sua moglie, e alla fine si è sparato.

«Gli elementi ci sono quasi tutti» dice Telesca. «L'ordine logico non proprio, ma è pur vero che di logica in questa storiaccia non ce n'è mica molta.»

«Sai cos'è che non ho capito?»

«Cosa?»

«Ma perché Zago a Blom non l'ha ammazzato direttamente, senza la storia del nonno nazista, senza il cadavere mollato per strada e tutto il resto?»

«Perché era convinto che fosse un buon piano per depistare noi.»

«Noi chi?»

«Noi, Listeddu, la polizia.»

«Ah, già.»

Listeddu beve un lungo sorso di birra, e poi rimane immobile, sembra pensieroso, e invece stava semplicemente cercando di digerire. Ci riesce con un rutto.

«Fai schifo» lo rimprovera Telesca.

«Sono un maschio alfa, Telesca.»

«No, sei un analfabeta, Listeddu, ammesso che ci sia qualche differenza.»

«Te l'ho già detto che il sombrero ti dona? Dovresti metterlo più spesso.»

36

Latte, Liguria

Gilda gildina è sdraiata in mezzo al prato, con la pancia rivolta verso il sole e il naso nascosto tra i fili d'erba e le margherite, mentre agita per aria le zampe e strofina la schiena come per formare delle lettere dell'alfabeto, delle lettere indecise, I che vorrebbero essere delle S, e viceversa.

Il Pinguino la osserva felice, ma un velo di tristezza gli rimane appiccicato allo sguardo, un velo più denso del fumo della pipa che gli nasconde parzialmente il volto.

Sua madre, Piera, lo osserva sorseggiando un caffè. Ha un viso che nemmeno l'età è riuscito a privare di una bellezza spiccata. Sia lei che il suo defunto marito erano famosi per essere entrambi molto avvenenti. E anche suo fratello, Vlado, il giramondo, ha preso il loro bell'aspetto. E proprio per questo motivo, in più di un'occasione, parecchi hanno ipotizzato che il Pinguino fosse stato adottato. E invece no, semplicemente aveva perso la lotteria della genetica, prendendo il proprio aspetto in prestito da chissà quale oscuro antenato.

«Tuo padre ti aveva chiesto una cosa sola» dice Piera. «Anzi no, ti aveva detto "nella vita fai quello che vuoi, quello che ti fa felice".»

«"Ma non fare lo sbirro"» interviene il Pinguino.

«E tu che fai?»

«Lo sbirro.»

«E fare lo sbirro non ti rende nemmeno felice, guarda che faccia che hai.»

«Ho la faccia di uno che dovrebbe essere contento per aver vinto qualcosa, e che invece si sente fregato.»

«Tu ti senti sempre fregato, Meme, dalla vita, dal destino, e ti ostini a non capire che quella che a te sembra una fregatura, in realtà è proprio la vita stessa, che funziona così e non come vorresti tu.»

Piera è l'unica a chiamarlo così, Meme, un nomignolo che deriva dall'infanzia, perché quando qualcuno gli chiedeva di dire il suo nome, il Pinguino, non riuscendo a pronunciare Gualtiero, finiva immancabilmente per darsi delle pacche sul petto già ampio dicendo "me me", come per dire "io, io". E quindi, Meme.

«Io vorrei la vita come una lunga nuotata in mare, con la possibilità di bere vino e fumare, e senza mai il bisogno di ficcare fuori la testa per respirare.»

I due ridono, e quando loro ridono Gilda gildina aumenta il ritmo della propria strana danza. Sempre restando con la schiena sul prato, la bocca aperta e le zampette per aria, la bassotta dimenandosi somiglia a un ciuffo di nasturzio smosso dal vento.

«Notizie da Ava?» domanda Piera.

«Sempre addormentata, sempre bellissima.»

«Ma quando la passi a trovare che fai, le leggi qualcosa?»

«No.»

«Ma come, proprio tu che hai sempre un libro in mano?»

«I libri li leggo soltanto per riempirmi la testa di un impasto di parole, un po' come si fa col compost, è un modo per mettere tutto assieme e vedere se ne esce del nutrimento.»

«E allora quando vai da lei che fai?» domanda Piera, porgendogli dell'altro caffè. «Te ne stai zitto? Impalato come un prete che ha dimenticato come si dà l'estrema unzione?»

«La insulto.»

«Che fai?»

«La insulto. Ma in modi eccentrici. Era un gioco che facevamo spesso. A lei piaceva.»

«Fammi un esempio.»

«Cagna imperiosa nascosta dentro il nocciolo di un mandarino rubato. Stella cadente a forma di frigo. Barzelletta che fa ridere soltanto dopo che l'hai dimenticata e che si dimentica soltanto nel mezzo di un funerale. Le ripeto delle cose così, cose sceme che l'avrebbero fatta ridere.»

Detto ciò, madre e figlio restano in silenzio. Il sole si alza nel cielo e inizia a giocare con le figure imposte dal pergolato. Le foglie della vite disegnano ombre in continuo cambiamento, ombre che somigliano a flotte di navi e che dopo un paio di minuti diventano giganteschi panini, e poi montagne, e poi ancora salsicce, alberi, occhi senza pupille, e nuvole, nuvole grasse e nuvole magre. Il cielo invece si lascia dominare da un azzurro immacolato che, a contatto con il blu scuro del mare, macchiato da correnti più fredde che lo rendono turchese in alcune zone, dà l'impressione di sfrigolare, di friggere come al seguito di una cottura improvvisa: e infatti ecco che dall'orizzonte compare la *macaia*, quel fenomeno atmosferico che in molti scambiano per nebbia ma che nebbia non è.

«Stanotte» dice il Pinguino, «poco dopo essere partito da casa, mi sono imbattuto in un giovane capriolo. Devo averlo abbagliato con i fari della macchina, perché se ne stava fermo immobile, stupito, bellissimo. Avrebbe dovuto avere paura, avrebbe fatto meglio ad avere paura, e invece niente, se ne stava immobile davanti alla mia macchina, con gli occhi chiusi, come se avesse piacere a essere ammirato, ma senza vanità. Piuttosto con una generosità assoluta, la stessa che dimostrano le fontane nelle giornate calde. Quando l'utilità e la bellezza si uniscono e si mettono a disposizione. Quando sono andato da Ava, ho ritrovato quella stessa attitudine, quello stesso modo di essere bella e utile. Solo che poi il capriolo gli occhi li ha riaperti, e si è tuffato nel buio della campagna. Ava, invece, da sotto le palpebre non è sbucata mai.»

«Prima o poi li riaprirà quegli occhi» dice sua mamma, accarezzandogli la guancia. «E tu devi farti la barba. Devi farti la barba e mangiare e bere di meno. Ma è vero quello che mi ha detto quel tuo amico chimico, quello che sta sempre nella pineta dei guardoni?»

«Cosa ti ha detto?»

«Che lassù in Piemonte ti chiamano il Pinguino.»

Il Pinguino ride e annuisce.

«Be', ci sono modi peggiori di essere chiamati, quando si indossa l'uniforme» dice Piera sorridendo.

«Quello è poco ma sicuro» ammette il Pinguino allungando un pezzo di focaccia a Gilda gildina. «E poi sono abbastanza orgoglioso di essere il primo pinguino delle Langhe.»

«Primo? Ma che dici. Guarda che indietro nei secoli, lassù, era tutto mare. Per quello c'è una terra così speciale, così particolare, perché è stata ricoperta di acqua salata per secoli e secoli. E figurati, di pinguini ce ne saranno stati a bizzeffe, con tutte quelle glaciazioni e compagnia bella.»

«E allora vorrà dire che non sono il primo, ma l'ultimo.»

«Bravo» dice Piera accendendosi una sigaretta, «ecco cosa sei tu: l'ultimo Pinguino delle Langhe.»

nero

Nella stessa collana

1. Enrico Pandiani, *Un giorno di festa*
2. Bruno Morchio, *Un piede in due scarpe*
3. Roberto Perrone, *L'estate degli inganni*
4. Corrado De Rosa, *L'uomo che dorme*
5. Maurizio de Giovanni, *Sara al tramonto*
6. Daniele Autieri, *Ama il nemico tuo*
7. Piergiorgio Pulixi, *Lo stupore della notte*
8. Carlotto – De Cataldo – de Giovanni, *Sbirre*
9. Luca Crovi, *L'ombra del campione*
10. Andrea Cotti, *Il cinese*
11. Olivier Norek, *Tra due mondi*
12. Piero Colaprico, *Il fantasma del ponte di ferro*
13. Gianni Mattencini, *L'onore e il silenzio*
14. Enrico Pandiani, *Ragione da vendere*
15. Cristina Rava, *Di punto in bianco*
16. Maurizio de Giovanni, *Le parole di Sara*
17. Gabriella Genisi, *Pizzica amara*
18. Roberto Perrone, *L'ultima volontà*
19. Giancarlo De Cataldo, *Alba nera*
20. Piera Carlomagno, *Una favolosa estate di morte*
21. Frédéric Dard, *Il montacarichi*
22. Piergiorgio Pulixi, *L'isola delle anime*
23. Thomas Mullen, *La città è dei bianchi*
24. Enrico Franceschini, *Bassa marea*
25. Gianni Zanolin, *Il senso del limite*

26. Marco Felder, *Tutta quella brava gente*
27. Girolamo De Michele, *Le cose innominabili*
28. Arturo Pérez-Reverte, *I cani di strada non ballano*
29. Sandrone Dazieri, *La danza del Gorilla*
30. Agustín Martínez, *Monteperdido*
31. Giuseppe Fabro, *Il sangue dei padri*
32. Luca Crovi, *L'ultima canzone del Naviglio*
33. Cristina Rava, *I segreti del professore*
34. Bruno Morchio, *Dove crollano i sogni*
35. Sandrine Destombes, *Nel monastero di Crest*
36. Maurizio de Giovanni, *Una lettera per Sara*
37. Giampaolo Simi, Piera Degli Esposti, *L'estate di Piera*
38. Luigi Bernardi, *Atlante freddo*
39. Piergiorgio Pulixi, *Un colpo al cuore*
40. Anthony Horowitz, *I delitti della gazza ladra*
41. Gabriella Genisi, *La Regola di Santa Croce*
42. Maurizio de Giovanni, *Gli occhi di Sara*
43. Massimo Carlotto, *E verrà un altro inverno*
44. Lorenzo Scano, *Via libera*
45. Frédéric Dard, *I bastardi vanno all'inferno*
46. Cristina Rava, *Il pozzo della discordia*
47. Valeria Corciolani, *Con l'arte e con l'inganno*
48. Enrico Franceschini, *Ferragosto*
49. Andrea Cotti, *L'Impero di Mezzo*
50. Frédéric Dard, *Gli scellerati*
51. Anthony Horowitz, *I delitti della bella di notte*
52. Enrico Pandiani, *Fuoco*
53. Jadel Andreetto e Guglielmo Pispisa, *La parola amore uccide*
54. Luca Crovi, *Il Gigante e la Madonnina*
55. Cristina Rava, *Il Tessitore*
56. Frédéric Dard, *Prato all'inglese*
57. Maurizio de Giovanni, *Un volo per Sara*

58. Piergiorgio Pulixi, *La settima luna*
59. Antonio Fusco, *Io sono l'Indiano*
60. Gabriella Genisi, Marilù Oliva, Mariolina Venezia, Grazia Verasani, *Le invisibili*
61. Enrico Franceschini, *Un'estate a Borgomarina*
62. Valeria Corciolani, *Di rosso e di luce*
63. Olivier Norek, *Superficie*
64. Riccardo Gazzaniga, *In forma di essere umano*
65. Nicholas Hogg, *Tokyo*
66. Bruno Morchio, *La fine è ignota*
67. Patrizia Rinaldi, *Guaio di notte*
68. Olivier Norek, *Il pesatore di anime*
69. Horacio Castellanos Moya, *Moronga*
70. Cristina Rava, *Il sale sulla ferita*
71. Massimo Felisatti e Fabio Pittorru, *Una famiglia perbene*
72. Frédéric Dard, *Negli occhi di Marianne*
73. Maurizio de Giovanni, *Sorelle – Una storia di Sara*
74. Enrico Pandiani, *Ombra*
75. Gabriella Genisi, *L'angelo di Castelforte*
76. Anthony Horowitz, *Detective in cerca d'autore*
77. Piergiorgio Pulixi, *Stella di mare*
78. Alessandro Berselli, *Gli eversivi*